LA IGNORANCIA

colección andanzas

Libros de Milan Kundera
en Tusquets Editores

ANDANZAS

La insoportable levedad del ser
La despedida
El libro de los amores ridículos
La inmortalidad
La lentitud
La identidad

MARGINALES

Jacques y su amo
El arte de la novela
Los testamentos traicionados

Sobre Milan Kundera:
La trampa del mundo, Kvetoslav Chvatik

FÁBULA

La insoportable levedad del ser
La despedida
El libro de los amores ridículos
La inmortalidad

MILAN KUNDERA
LA IGNORANCIA

Traducido del original francés
por Beatriz de Moura

TUSQUETS
EDITORES

Título original: *L'ignorance*

1.ª edición: abril 2000
2.ª edición: mayo 2000
3.ª edición: junio 2000

© de la traducción: Beatriz de Moura, 2000
Diseño de la colección: Guillemot-Navares
Reservados todos los derechos de esta edición para
Tusquets Editores, S.A. - Cesare Cantù, 8 - 08023 Barcelona
ISBN: 84-8310-131-9
Depósito legal: B. 26.678-2000
Impreso sobre papel Offset-F Crudo de Papelera del Leizarán, S.A.
Liberdúplex, S.L. - Constitución, 19 - 08014 Barcelona
Impreso en España

La ignorancia

1

–¿Qué haces aquí todavía? –No había mala intención en el tono de su voz, pero tampoco era amable; Sylvie se impacientaba.

–¿Y dónde quieres que esté? –preguntó Irena.

–Pues ¡en tu tierra!

–¿Es que no estoy en mi tierra?

Por supuesto no quería echarla de Francia, ni darle a entender que era una extranjera indeseable.

–¡Ya me entiendes!

–Sí, ya lo sé, pero ¿olvidas que aquí tengo mi trabajo, mi casa, mis hijas?

–Escúchame, conozco a Gustaf. Hará todo lo necesario para que puedas volver a tu país. En cuanto a lo de tus hijas, no me vengas con historias. ¡Ya llevan su propia vida! ¡Dios mío, Irena, lo que está ocurriendo en tu tierra es tan fascinante! En una situación así las cosas siempre acaban arreglándose.

–Pero, Sylvie, no se trata sólo de las cosas prácticas, de mi empleo y de mi casa. Vivo aquí desde hace veinte años. Es aquí donde tengo mi vida.

–¡En tu país se vive una revolución!

Lo dijo en un tono que no admitía réplica. Después calló. Con su silencio quería decirle a Irena que no se debe desertar ante los grandes acontecimientos.

–Pero, si regreso a mi país, no volveremos a vernos nunca más –dijo Irena para poner a su amiga en un aprieto.

Esa demagogia sentimental hizo mella. La voz de Sylvie se enterneció.

–Querida, pero si pienso ir a verte. ¡Te lo prometo, te lo prometo!

Estaban sentadas codo con codo desde hacía bastante rato ante dos tazas de café vacías. Irena vio lágrimas de emoción en los ojos de Sylvie, que se inclinó hacia ella y le apretó la mano:

–Será un gran regreso –y repitió–, tu gran regreso.

Así repetidas, las palabras adquirieron tal fuerza que, en su fuero interno, Irena las vio escritas con mayúsculas: Gran Regreso. Ya no opuso resistencia: quedó prendida de imágenes que de pronto emergieron de antiguas lecturas y películas, de su propia memoria y tal vez de la de sus antepasados: el hijo perdido que reencuentra a su anciana madre; el hombre que vuelve hacia su amada, de la que le arrancó un destino feroz; la casa natal que cada cual lleva dentro; el sendero redescubierto en el que quedaron las huellas de los pasos perdidos de la infancia; el errante Ulises que vuelve a su isla tras vagar durante años; el regreso, el regreso, la gran magia del regreso.

2

En griego, «regreso» se dice *nostos*. *Algos* significa «sufrimiento». La nostalgia es, pues, el sufrimiento causado por el deseo incumplido de regresar. La mayoría de los europeos puede emplear para esta noción fundamental una palabra de origen griego *(nostalgia)* y, además, otras palabras con raíces en la lengua nacional: en español decimos «añoranza»; en portugués, *saudade*. En cada lengua estas palabras poseen un matiz semántico distinto. Con frecuencia tan sólo significan la tristeza causada por la imposibilidad de regresar a la propia tierra. Morriña del terruño. Morriña del hogar. En inglés sería *homesickness*, o en alemán *Heimweh*, o en holandés *heimwee*. Pero es una reducción espacial de esa gran noción. El islandés, una de las lenguas europeas más antiguas, distingue claramente dos términos: *söknudur:* nostalgia en su sentido general; y *heimfra:* morriña del terruño. Los checos, al lado de la palabra «nostalgia» tomada del griego, tienen para la misma noción su propio sustantivo: *stesk*, y su propio verbo; una de las frases de amor checas más conmovedoras es *styska se mi po tobe:* «te añoro; ya no puedo soportar el dolor de tu ausencia». En español, «añoranza» proviene del verbo «añorar», que proviene a su vez del catalán *enyorar*, derivado del verbo latino *ignorare* (ignorar, no saber de algo). A la luz de esta etimología, la nostalgia se nos revela como el dolor de la ignorancia. Estás lejos, y no sé qué es de ti. Mi país queda lejos, y no sé qué ocurre en él. Algunas lenguas tienen alguna dificultad con la añoranza: los franceses sólo pueden expresarla mediante la palabra de origen griego *(nostalgie)* y no tienen verbo; pueden decir: *je m'ennuie de toi* (equivalente a «te echo de menos» o «en falta»), pero esta expresión es endeble, fría, en todo caso demasiado leve para un sentimiento tan grave. Los alemanes emplean pocas veces la palabra «nostalgia» en su forma griega y prefieren decir *Sehnsucht:* deseo de lo que está ausente; pero *Sehnsucht* puede aludir tanto a lo que fue como a lo que nunca ha sido (una nueva aventura), por lo que no implica necesariamente la idea de un *nostos;* para incluir en la *Sehnsucht* la obsesión del regreso, habría que añadir un complemento: *Senhsucht nach der Vergangenheit, nach der verlorenen Kindheit,* o *nach der ersten Liebe* (deseo del pasado, de la infancia perdida o del primer amor).

La Odisea, la epopeya fundadora de la nostalgia, nació en los orígenes de la antigua cultura griega. Subrayémoslo: Ulises, el mayor aventurero de todos los tiempos, es también el mayor nostálgico. Partió (no muy complacido) a la guerra de Troya, en la que estuvo diez años. Después se apresuró a regresar a su Ítaca natal, pero las intrigas de los dioses prolongaron su periplo, primero durante tres años llenos de los más fantásticos acontecimientos, y, después, durante siete años más, que pasó en calidad de rehén y amante junto a la ninfa Calipso, quien estaba tan enamorada de él que no le dejaba abandonar la isla.

13

Hacia el final del canto quinto de *La Odisea*, Ulises dice: «No lo lleves a mal, diosa augusta, que yo bien conozco cuán bajo de ti la discreta Penélope queda a la vista en belleza y en noble estatura. (...) Mas con todo yo quiero, y es ansia de todos mis días, el llegar a mi casa y gozar de la luz del regreso». Y sigue Homero: «Así dijo, ya el sol se ponía, vinieron las sombras y, marchando hacia el fondo los dos de la cóncava gruta, en la noche gozaron de amor uno al lado del otro».

Nada que pueda compararse a la vida de la pobre emigrada que había sido Irena durante mucho tiempo. Ulises vivió junto a Calipso una auténtica *dolce vita*, una vida fácil, una vida de alegrías. Sin embargo, entre la *dolce vita* en el extranjero y el arriesgado regreso al hogar eligió el regreso. A la apasionada exploración de lo desconocido (la aventura) prefirió la apoteosis de lo conocido (el regreso). A lo infinito (ya que la aventura nunca pretende tener un fin) prefirió el fin (ya que el regreso es la reconciliación con lo que la vida tiene de finito).

Sin despertarlo, los marinos de Feacia depositaron a Ulises envuelto en sábanas en la playa de Ítaca, al pie de un olivo, y se fueron. Así terminó el viaje. Él dormía, exhausto. Cuando se despertó no sabía dónde estaba. Pero Atenea despejó la bruma de sus ojos y a él le embargó la ebriedad; la ebriedad del Gran Regreso; el éxtasis de lo conocido; la música que hizo vibrar el aire entre el cielo y la tierra: vio la ensenada que conocía desde la infancia, las dos montañas que la rodean, y acarició el viejo olivo para asegurarse de que seguía siendo el mismo de hacía veinte años.

En 1950, cuando hacía catorce años que Arnold Schönberg vivía en Estados Unidos, un periodista norteamericano le formuló algunas preguntas malintencionadamente ingenuas: ¿es cierto que la emigración debilita en los artistas su fuerza creadora, que su inspiración se agota en cuanto dejan de alimentarle las raíces de su país natal?

¡Imagínense! ¡Tan sólo cinco años después del Holocausto, el periodista norteamericano no le perdona a Schönberg su falta de apego a la tierra en la que, ante sus propios ojos, se había puesto en marcha el horror de los horrores! Pero no puede evitarse. Homero glorificó la nostalgia con una corona de laurel y estableció así una jerarquía moral de los sentimientos. En ésta, Penélope ocupa un lugar más alto, muy por encima de Calipso.

¡Calipso, ah, Calipso! Pienso muchas veces en ella. Amó a Ulises. Vivieron juntos durante siete años. No sabemos cuánto tiempo compartió Ulises su lecho con Penélope, pero seguramente no fue tanto. Aun así, se suele exaltar el dolor de Penélope y menospreciar el llanto de Calipso.

3

A golpes de hacha las grandes fechas marcan nuestro siglo con profundos tajos. La primera guerra de 1914, la segunda, luego la tercera, la más larga, llamada fría, que termina en 1989 con la desaparición del comunismo. Además de estas grandes fechas que conciernen a todos los europeos, hay otras de importancia secundaria que determinan los destinos de ciertas naciones: 1936, año de la guerra civil en España; 1948, año en que los yugoslavos se rebelaron contra Stalin, y 1991, año en que se pusieron todos a asesinarse entre sí. Los escandinavos, los holandeses, los ingleses gozan del privilegio de no haber tenido ninguna fecha importante des-

16

de 1945, lo cual les ha permitido vivir medio siglo deliciosamente nulo.

En este siglo, la historia de los checos se engalana de una notable belleza matemática debido a la triple repetición del número veinte. En 1918, después de muchos siglos, obtuvieron su Estado independiente y, en 1938, lo perdieron. En 1948, importada de Moscú, la revolución comunista inauguró, mediante el Terror, el segundo veintenio que termina en 1968, cuando los rusos, furiosos al ver su insolente emancipación, invadieron el país con medio millón de soldados.

Los ocupantes se instalaron con todo el peso de su poder en 1969 y se fueron, sin que nadie se lo esperara, en el otoño de 1989, con suavidad, cortésmente, como lo hicieron entonces todos los regímenes comunistas de Europa: el tercer veintenio.

Sólo en nuestro siglo las fechas históricas se han apoderado con semejante voracidad de la vida de cada cual. Imposible comprender la existencia de Irena en Francia sin antes analizar las fechas. En los años cincuenta y sesenta, a los emigrados de los países comunistas no se les tenía en gran estima; para los franceses el único verdadero mal era entonces el fascismo: Hitler,

Mussolini, la España de Franco, las dictaduras de América Latina. Sólo hacia finales de los años sesenta y durante los años setenta se decidieron a concebir poco a poco el comunismo también como un mal, aunque un mal, digamos, de grado inferior, el mal número dos. Por esa época, en 1969, Irena y su marido emigraron a Francia. Comprendieron enseguida que, en comparación con el número uno, la catástrofe que se había abatido sobre su país era demasiado poco sangrienta para impresionar a sus nuevos amigos. Para que les entendieran, se acostumbraron a decir más o menos esto:

«Por horrible que sea, una dictadura fascista desaparecerá con su dictador, así que la gente puede seguir teniendo esperanza. Por el contrario, el comunismo, apoyado por la inmensa civilización rusa, es para un país como Polonia o como Hungría (¡por no hablar de Estonia!) un túnel sin fin. Los dictadores son mortales, Rusia es eterna. El infortunio de los países de donde venimos consiste en la ausencia total de esperanza».

Expresaban así fielmente su pensamiento, e Irena, para apoyarlo, citaba un cuarteto de Jan Skacel, poeta checo de entonces: habla de la tristeza que le rodea; habría querido levantarla, llevársela muy lejos, hacerse con ella una casa, encerrarse dentro durante trescientos años y, durante esos trescientos años, no abrir la puerta, ¡no abrir la puerta a nadie!

¿Trescientos años? Skacel escribió esos versos en los años setenta y murió en 1989, en octubre, por lo tanto un mes antes de que los trescientos años de tristeza que había vislumbrado ante él se pulverizaran en pocos días: la gente llenó las calles de Praga y, haciendo tintinear sus llaveros con las manos en alto, celebró la llegada de nuevos tiempos.

¿Se equivocó Skacel al hablar de trescientos años? Por supuesto que sí. Todas las previsiones se equivocan, es una de las escasas certezas de que disponemos los seres humanos. Pero, si se equivocan en lo que al porvenir se refiere, dicen la verdad acerca de quienes las enuncian, son la mejor clave para comprender cómo viven su tiempo presente. Durante lo que yo llamo su primer veintenio (entre 1918 y 1938), los checos pensaron que su República se disponía a vivir un tiempo infinito. Se equivocaban, pero precisamente porque se equivocaban vivieron aquellos años con una alegría que hizo florecer las artes como nunca antes.

Después de la invasión rusa, al no tener la

menor idea del próximo fin del comunismo, se imaginaron de nuevo viviendo en un infinito, de modo que fue la vacuidad del porvenir, y no el sufrimiento de la vida real, lo que les quitó fuerzas, lo que sofocó su valentía y convirtió ese tercer veintenio en un tiempo tan cobarde, tan miserable.

Convencido de haber abierto lejanas perspectivas en la Historia de la música gracias a su estética de doce notas, Arnold Schönberg declaraba en 1921 que, gracias a él, quedaba asegurado el dominio (no dijo «gloria», dijo *Vorherrschaft*: dominio) de la música alemana (siendo vienés no dijo de la música «austriaca», dijo «alemana») durante los cien años siguientes (lo cito con toda precisión, habló de «cien años»). Quince años después de esta profecía, en 1936, fue desterrado de Alemania (la misma de la que él quería asegurar el *Vorherrschaft)* por su condición de judío, y, con él, toda la música basada en su estética de doce notas (condenada por incomprensible, elitista, cosmopolita y hostil al espíritu alemán).

El pronóstico de Schönberg, por engañoso que sea, sigue siendo, pese a todo, indispensable para quienes quieran comprender el sentido de su obra, que no se creía destructora, hermética, cosmopolita, individualista, difícil, abstracta, sino profundamente arraigada en «suelo alemán» (sí, hablaba de «suelo alemán»); Schönberg no pensaba escribir un fascinante epílogo a la Historia de la gran música europea (así es como me inclino a comprender su obra), sino el prólogo de un glorioso porvenir que se extendía hasta donde alcanzara la vista.

4

Ya en sus primeras semanas de emigrada, Irena tenía sueños extraños: se encuentra en un avión que cambia de dirección y aterriza en un aeropuerto desconocido; unos hombres de uniforme y armados la esperan al final de la pasarela; con la frente bañada en un sudor frío, reconoce a la policía checa. En otra ocasión, se pasea por una pequeña ciudad de Francia cuando ve un curioso grupo de mujeres que, cada una con su jarra de cerveza en la mano, corren hacia ella, la interpelan en checo, ríen con malintencionada cordialidad, y, horrorizada, Irena se da cuenta de que está en Praga, grita y se despierta.

Martin, su marido, tenía los mismos sueños. Todas las mañanas se contaban el horror de su regreso al país natal. Más adelante, en una conversación con una amiga polaca también emigrada, Irena comprendió que todos los emigrados tenían esos sueños, todos sin excepción; al comienzo le conmovió esa fraternidad nocturna entre personas que no se conocían, pero después se molestó un poco: ¿cómo puede ser vivida colectivamente la experiencia íntima de un sueño?, ¿dónde está, pues, su alma única? Pero por qué hacerse preguntas sin respuesta. De una cosa estaba segura: miles de emigrantes soñaban, a lo largo de la misma noche y con incontables variantes, el mismo sueño. El sueño de la emigración: uno de los fenómenos más extraños de la segunda mitad del siglo XX.

Esos sueños-pesadilla le parecían más misteriosos porque, al mismo tiempo, ella sufría de una indomable nostalgia y vivía otra experiencia del todo contraria: durante el día se le aparecían dos paisajes de su país. No, no se trataba de una ensoñación, larga y consciente, voluntaria, sino de otra cosa: en cualquier momento, brusca y rápidamente, se encendían en su cabeza apariciones de paisajes para esfumarse poco después. Mientras hablaba con su jefe, veía de pronto, como en un relámpago, un camino que surcaba un campo. Entre los empujones de un vagón de metro, en una fracción de segundo surgía de repente ante ella un pequeño paseo de un barrio arbolado de Praga. Estas imágenes fugaces la visitaban durante todo el día para paliar la falta de su Bohemia perdida.

El mismo cineasta del subconsciente que, de día, le enviaba instantáneas del paisaje natal cual imágenes de felicidad, proyectaba de noche aterradores regresos a ese mismo país. El día se iluminaba con la belleza del país abandonado; la noche, con el horror a regresar. El día le mostraba el paraíso perdido; la noche, el infierno del que había huido.

5

Fieles a la tradición de la revolución francesa, los estados comunistas anatematizaron la emigración, considerada como la más odiosa de las traiciones. Todos los que se habían quedado en el extranjero eran condenados por contumacia en su país, y sus compatriotas no se atrevían a mantener contacto con ellos. Sin embargo, a medida que pasaba el tiempo se debilitaba el anatema y, unos años antes de 1989, la madre de Irena, que había enviudado hacía poco y era una inofensiva jubilada, obtuvo, gracias a los servicios de una agencia de viajes del Estado, el visado para pasar una semana en Italia; al año siguiente decidió quedarse cinco días en París para ver, sin llamar la atención, a su hija. Emocionada, llena de compasión por una madre que imaginaba ya mayor, Irena le reservó una habitación en un hotel y sacrificó unos días de sus vacaciones para poder estar todo el tiempo con ella.

«No pareces estar tan mal», le dijo la madre cuando se vieron. «Por otra parte, yo tampoco. Cuando el policía de la aduana me miró el pasaporte, me dijo: ¡Su pasaporte es falso, señora! ¡Ésta no puede ser la fecha de su nacimiento!» Irena reconoció de repente a su madre tal como siempre la había conocido y sintió que nada había cambiado en aquellos casi veinte años. De golpe se le esfumó la compasión por una madre avejentada. Hija y madre se enfrentaron como dos seres fuera del tiempo, como dos esencias intemporales.

Pero ¿acaso no está mal visto que una hija no

se alegre de la presencia de su madre que, tras diecisiete años, ha venido a verla? Irena movilizó toda su razón, todo su sentido moral, para portarse como una hija solícita. La llevó a cenar al restaurante del primer piso de la Torre Eiffel; fueron en un barco de recreo a ver París desde el Sena; y, cuando su madre quiso visitar exposiciones, la llevó al Museo Picasso. En la segunda sala la madre se detuvo: «Tengo una amiga que es pintora. Me regaló dos de sus cuadros. ¡No puedes imaginarte qué bonitos son!». En la tercera sala quiso ver a los impresionistas: «En el Jeu de Paume hay una exposición permanente». «Ya no existe», le dijo Irena, «los impresionistas están ahora dispersos en varios museos.» «No, no», dijo la madre. «Están en el Jeu de Paume. Lo sé ¡y no me iré de París sin haber visto los Van Gogh!» Para paliar la ausencia de Van Gogh, Irena la llevó al Musée Rodin. Ante una de las esculturas la madre suspiró, como en una ensoñación: «En Florencia vi el *David* de Miguel Ángel. ¡Me quedé sin aliento!». «Mira», explotó Irena, «estás en París, conmigo, te he traído a ver a Rodin. ¡A Rodin!, ¿me oyes? Nunca antes lo habías visto, ¿por qué entonces cuando estás ante Rodin piensas en Miguel Ángel?»

La pregunta era adecuada: ¿por qué la madre, al reencontrarse con su hija después de tantos años, no se interesa por lo que ella le enseña? ¿Por qué Miguel Ángel, que ella vio con su grupo de turistas checos, la cautiva más que Rodin? ¿Y por qué, a lo largo de aquellos cinco días, no le hace a su hija ninguna pregunta? Ninguna pregunta sobre su vida, ni tampoco sobre Francia, su cocina, su literatura, sus quesos, sus vinos, su política, sus teatros, sus películas, sus automóviles, sus pianistas, sus violoncelistas, sus atletas?

No para de hablar, en cambio, de lo que ocurre en Praga, del hermanastro de Irena (el hijo que tuvo con su segundo marido, fallecido hacía poco), de personajes de los que se acuerda Irena y de otros cuyos nombres nunca ha oído. Ha intentado en dos o tres ocasiones colocar alguna observación acerca de su vida en Francia, pero sus palabras no han logrado traspasar la barrera sin fisuras del discurso de su madre.

Así ocurre desde la infancia: mientras la madre cuidaba tiernamente, como si fuera una niña, a su hijo, adoptaba con su hija una actitud virilmente espartana. ¿Quiero decir con ello que no la quería, tal vez por culpa del padre de Irena, su primer marido, a quien tenía por un ser despreciable? Guardémonos de semejante psicología de pacotilla. Su comportamiento no podía ser mejor intencionado: desbordante de fuerza y salud, se inquietaba por la falta de vitalidad de su hija; con sus rudos modales quería que se deshiciera de su hipersensibilidad, un poco como hace un padre deportista cuando tira a la piscina a su hijo timorato, convencido de que es la mejor manera de que aprenda a nadar.

No obstante, sabía muy bien que con su simple presencia aplastaba a su hija, y no puedo negar que disfrutaba en secreto de su propia superioridad física. ¿Entonces? ¿Qué debía hacer? ¿Rebajarse ella en nombre del amor maternal? Su edad avanzaba inexorablemente, y la conciencia de su fuerza, tal como se reflejaba en la reacción de Irena, la rejuvenecía. Cuando la veía a su lado, intimidada y disminuida, prolongaba cuanto podía los momentos de su demoledora supremacía. Con una pizca de sadismo, fingía tomar la fragilidad de Irena por indiferencia, pereza o indolencia, y la reñía.

Desde siempre Irena se había sentido menos guapa y menos inteligente en su presencia. ¡Cuántas veces no había corrido hacia el espejo para asegurarse de que no era fea, de que no parecía tonta! Ay, todo esto quedaba muy lejos, casi en el olvido. Pero, durante los cinco días que su madre pasó en París, cayó de nuevo sobre ella esa sensación de inferioridad, de debilidad, de dependencia.

6

Un día antes de que se fuera su madre, Irena le presentó a Gustaf, su amigo sueco. Cenaron los tres en un restaurante, y la madre, que no sabía una palabra de francés, recurrió con gallardía al inglés. Gustaf se alegró: con su amante sólo hablaba en francés y estaba harto de esa lengua que él consideraba pretenciosa y poco práctica. Aquella noche Irena habló poco: sorprendida, observó cómo su madre exhibía una inesperada habilidad para interesarse por otra persona; con sus treinta palabras de inglés mal pronunciadas apabulló a Gustaf con preguntas sobre su vida, su empresa, sus opiniones, y le dejó muy impresionado.

Al día siguiente la madre se fue. Al volver del aeropuerto, ya en su apartamento en la última planta, Irena se acercó a la ventana para saborear, en la calma reencontrada, la libertad de su soledad. Miró largamente los tejados, la diversidad de las chimeneas con sus formas caprichosas, esa flora parisiense que desde hace tanto tiempo había reemplazado para ella el verdor de los jardines checos, y cayó en la cuenta de cuán feliz era en esa ciudad. Siempre le había parecido evidente que su emigración había sido una desgracia. Pero en aquel instante se preguntó si no sería más bien la ilusión de una desgracia, una ilusión sugerida por la manera en que todo el mundo percibía a un emigrado. ¿Acaso no veía su propia vida según el manual de instrucciones que otros le habían puesto entre las manos? Y se dijo que su emigración, aunque impuesta desde el exterior, contra su voluntad, era tal vez, sin que ella lo supiera, la mejor salida a su vida. Las implacables fuerzas de la Historia que habían atentado contra su libertad habían acabado haciéndola libre.

Quedó, pues, algo desconcertada cuando, pocas semanas después, Gustaf le anunció con orgullo una buena noticia: había propuesto a su empresa que abriera una oficina en Praga. En el país comunista, que no era muy atractivo comercialmente, la oficina sería modesta, pero eso le brindaría la ocasión de breves estancias allá.

–Me encanta la idea de conocer a fondo tu ciudad –dijo.

En lugar de alegrarse, ella sintió como una vaga amenaza.

–¿Mi ciudad? Praga ya no es mi ciudad –contestó ella.

–¿Cómo? –se extrañó él.

Irena nunca le ocultaba lo que pensaba; él tenía por lo tanto la posibilidad de conocerla bien; sin embargo, la veía exactamente como la veían todos los demás: como *una joven que sufre, desterrada de su país*. Él mismo procede de una ciudad sueca a la que odia de todo corazón y en la que se niega a poner los pies de nuevo. Pero en su caso es normal. Porque todo el mundo le acoge como a *un escandinavo simpático, muy cosmopolita, que ha olvidado ya el lugar donde nació.* Los dos han sido clasificados, etiquetados, y se les juzgará según su fidelidad a esa etiqueta (pero, claro, esto y sólo esto es lo que suele llamarse con énfasis: ser fiel a sí mismo).

–Pero ¿qué dices? –protestó él–. ¿Cuál es entonces tu ciudad?

–¡París! Aquí es donde te conocí, donde vivo contigo.

Como si no la escuchara, le acarició la mano:

«Acéptalo como un regalo. Si tú no puedes ir allá, yo te serviré de vínculo con tu país perdido. ¡Me harías feliz!».

Ella no ponía en duda su bondad; se lo agradeció; no obstante, añadió en un tono pausado: «Te ruego que comprendas que no necesito que me sirvas de vínculo con nada en absoluto. Soy feliz contigo, aislada de todo y de todos».

Él también se puso serio: «Te comprendo. Y no temas, porque no quiero meterme en tu vida pasada. De la gente que conociste allá la única persona a quien veré será a tu madre».

¿Qué podía decirle ella? ¿Que es precisamente a su madre a quien no quiere que él frecuente? ¿Cómo decírselo a él, que recuerda con tanto amor a su propia madre muerta?

«Admiro a tu madre. ¡Qué vitalidad!»

Irena no lo pone en duda. Todo el mundo admira a su madre por su vitalidad. ¿Cómo explicar a Gustaf que, en el círculo mágico de la fuerza materna, Irena jamás ha conseguido gobernar su propia vida? ¿Cómo explicarle que la constante proximidad de la madre la haría retroceder a sus debilidades, a su inmadurez? ¿Cómo se le habrá ocurrido a Gustaf esa idea tan loca de querer relacionarse con Praga?

Hasta que llegó a su casa y estuvo a solas no consiguió calmarse, tranquilizarse: «La barrera policial entre los países comunistas y Occidente es, por suerte, bastante sólida. No tengo por qué temer que los contactos de Gustaf con Praga supongan una amenaza para mí».

Pero ¿cómo? ¿Qué acaba de decir? ¿«La barrera policial es, por suerte, bastante sólida»? ¿Ha dicho literalmente «por suerte»? ¿Ella, una emigrada a quien todo el mundo compadece por haber perdido su patria, ha dicho «por suerte»?

7

Gustaf había conocido a Martin por casualidad durante una negociación comercial. A Irena la conoció mucho más tarde, cuando ya era viuda. Se gustaron, pero eran tímidos. De modo que el marido acudió desde el más allá en ayuda de ambos, ofreciéndose como un tema fácil de conversación. Cuando Gustaf supo por Irena que Martin había nacido el mismo año que él, oyó desmoronarse el muro que le separaba de aquella mujer mucho más joven y sintió un simpático reconocimiento hacia el muerto, cuya edad le animaba a cortejar a su bella esposa.

Él veneraba a su madre muerta, toleraba (sin entusiasmo) a sus dos hijas ya adultas y huía de su mujer. Le habría gustado divorciarse si hubiera podido hacerlo amistosamente. Como fue imposible, hacía lo que podía para permanecer alejado de Suecia. Al igual que él, Irena tenía dos hijas, también a punto de independizarse. Gustaf le compró un estudio a la mayor y encontró en Inglaterra un internado para la pequeña, de modo que Irena, si se quedaba sola, podía acogerle en su casa.

A ella le había deslumbrado la bondad de Gustaf, que, en opinión de todos, era el rasgo principal, el más sorprendente, casi improbable, de su carácter. Engatusaba así a las mujeres, que comprendían demasiado tarde que esa bondad era más un arma de defensa que un arma de seducción. Niño querido de su mamá, era incapaz de vivir solo, sin los cuidados de las mujeres. Pero también soportaba mal sus exigencias, sus riñas, sus llantos, e incluso sus cuerpos demasiado presentes, demasiado expresivos. Para poder conservarlas y a la vez huir de ellas, les arrojaba obuses de bondad. Protegido por la onda expansiva de la explosión, se batía en retirada.

Ante su bondad, Irena quedó primero desconcertada: ¿por qué era tan amable, tan generoso, tan poco exigente? ¿Cómo devolvérselo? No encontró otra recompensa que enarbolar ante él su deseo. Fijaba en él la mirada y sus ojos muy abiertos exigían algo inmenso y embriagador, algo innombrable.

Su deseo; triste historia la de su deseo. No había conocido el placer del amor antes de encontrar a Martin. Luego había dado a luz, había pasado de Praga a Francia con una segunda hija en el vientre y, poco después, Martin murió. Pasó entonces largos y penosos años obligada a aceptar cualquier trabajo –empleada de hogar, acompañante de una rica parapléjica–, y consideró un gran éxito poder dedicarse a traducir del ruso al francés (feliz de haber estudiado a fondo idiomas en Praga). Pasaron los años y, en carteles, paneles publicitarios, portadas de revistas en los quioscos, las mujeres se desnudaron, las parejas se besaron, los hombres se exhibieron en calzoncillos mientras, en medio de semejante orgía omnipresente, su cuerpo deambulaba por las calles, apartado, invisible.

Por eso el encuentro con Gustaf había sido

toda una fiesta. Después de tanto tiempo, por fin alguien se fijaba y apreciaba su cuerpo y su rostro, y, gracias a su encanto, un hombre pedía que compartiera su vida con él. En medio de semejante encantamiento fue cuando su madre la sorprendió en París. Pero en esa misma época, o tal vez algo después, empezó vagamente a sospechar que su cuerpo no había escapado por completo a la suerte que, aparentemente, le había sido destinada de una vez por todas. Que él, que huía de su mujer, de sus mujeres, no buscaba en ella una aventura, una renovada juventud, una libertad de los sentidos, sino un descanso. No exageremos: su cuerpo no permanecía intocado, pero en ella crecía la sospecha de que era menos tocado de lo que se merecía.

8

El comunismo en Europa se extinguió exactamente doscientos años después de que se encendiera la mecha de la revolución francesa. Para Sylvie, la amiga parisiense de Irena, se daba ahí una coincidencia llena de sentido. Pero, de hecho, ¿de qué sentido? ¿Qué nombre habría que dar al arco de triunfo que une estas dos majestuosas fechas? *¿El arco de las dos revoluciones europeas más grandes*? ¿O *El arco que une la más Grande Revolución a la Restauración Final?* Para evitar discusiones ideológicas propongo, para nuestro uso particular, una interpretación más modesta: la primera fecha dio a luz a un gran personaje europeo, el Emigrado (el Gran Traidor o el Gran Sufridor, según se mire); la segunda retiró al Emigrado de la escena de la Historia de los europeos; con ello, el gran cineasta del subconsciente colectivo puso fin a una de sus producciones más originales, la de los sueños de emigración. Fue entonces cuando tuvo lugar, durante unos días, el primer regreso de Irena a Praga.

Al principio hacía mucho frío y luego, al cabo de tres días, inesperada y precozmente, llegó el verano. Ya no pudo ponerse su traje chaqueta, demasiado grueso. Como no se había llevado nada para un clima más cálido, fue a una tienda a comprarse un vestido de verano. El país no rebosaba todavía de productos occidentales e Irena volvió a encontrar los mismos tejidos, los mismos colores, los mismos cortes que había conocido en la época comunista. Se probó dos o tres vestidos y se sintió incómoda. Era difícil decir por qué: no eran feos, no estaban mal cortados, pero le recordaban su pasado lejano, la austeridad en el vestir de su juventud, le parecieron ingenuos, provincianos, sin elegancia, propios de una maestra de pueblo. Pero tenía prisa. ¿Por qué, a fin de cuentas, no parecerse durante unos días a una maestra de pueblo? Compró el vestido por casi nada, se lo llevó puesto y, con el traje chaqueta de invierno en una bolsa, salió a la calle, donde hacía un calor excesivo.

Luego, al pasar por delante de unos grandes almacenes, se encontró inesperadamente ante un panel con un inmenso espejo y se quedó atónita: la que ella veía no era ella, era otra persona, o, mejor dicho, cuando se miró más detenidamente en su nuevo vestido sí era ella, pero viviendo otra vida, la vida que hubiera tenido si se hubiera quedado en su país. Esa mujer no era antipática, era incluso conmovedora, pero demasiado conmovedora, conmovedora hasta las lágrimas, digna de compasión, pobre, débil, sometida.

Se apoderó de ella el mismo pánico de antaño en sus sueños de emigración: gracias a la fuerza mágica de un vestido se veía aprisionada en una vida que rechazaba y de la que no sería capaz de salir. ¡Como si en aquel entonces, al principio de su vida de adulta, hubiera tenido ante sí varias vidas posibles entre las que pudo elegir la que la había llevado a Francia! ¡Y como si esas vidas, apartadas y abandonadas, siguieran siempre a su disposición y la acecharan celosamente desde sus madrigueras! Una de ellas se había apoderado ahora de Irena y la había encerrado en su nuevo vestido como en una camisa de fuerza.

Corrió asustada a la casa de Gustaf (su empresa había comprado un edificio en el centro de Praga, en cuya buhardilla él había dispuesto su vivienda) y se cambió. Otra vez metida en su traje chaqueta, miró por la ventana. El cielo se había cubierto y los árboles se inclinaban con el viento. Había hecho calor sólo unas horas. Unas horas de calor para gastarle una broma de pesadilla, para hablarle del horror del regreso.

(¿Era acaso un sueño? ¿Su último sueño de emigrada? No, todo era real. Pero tenía la impresión de que no habían desaparecido las trampas de las que hablaban aquellos sueños, seguían allí, siempre a punto, acechándola a cada paso.)

9

Durante sus veinte años de ausencia, los ítacos conservaron muchos recuerdos de Ulises, pero no le añoraban, mientras que Ulises sí sentía el dolor de la añoranza, aunque no se acordara de nada.

Puede comprenderse esta curiosa contradicción si reparamos en que la memoria, para funcionar bien, necesita de un incesante ejercicio: los recuerdos se van si dejan de evocarse una y otra vez en las conversaciones entre amigos. Los emigrados agrupados en colonias de compatriotas se cuentan hasta la náusea las mismas historias que, así, pasan a ser inolvidables. Pero aquellos que, como Irena o Ulises, no frecuentan a sus compatriotas caen en la amnesia. Cuanto más fuerte es su añoranza, más se vacían de recuerdos. Cuanto más languidecía Ulises, más olvidaba. Porque la añoranza no intensifica la actividad de la memoria, no suscita recuerdos, se basta a sí misma, a su propia emoción, absorbida como está por su propio sufrimiento.

Tras acabar con los temerarios que querían casarse con Penélope y reinar sobre Ítaca, Ulises se vio obligado a convivir con gentes de las que no sabía nada. Éstas, para halagarle, le abrumaban con todo lo que recordaban de él antes de que se fuera a la guerra. Y, convencidas de que nada le interesaba más que su Ítaca (¿cómo no iban a pensarlo cuando él había recorrido la inmensidad de los mares para volver a ella?), iban machacándole con lo que había ocurrido durante su ausencia, ávidas de contestar a todas sus preguntas. Nada le aburría más que eso. Él sólo esperaba una cosa, que le dijeran por fin: «¡Cuenta!». Pero es lo único que nunca le dijeron.

Durante veinte años no había pensado en otra cosa que en regresar. Pero, una vez de vuelta, comprendió sorprendido que su vida, la esencia misma de su vida, su centro, su tesoro, se encontraba fuera de Ítaca, en sus veinte años de andanzas por el mundo. Había perdido ese tesoro, y sólo contándolo hubiera podido reencontrarlo.

Al abandonar a Calipso, durante su viaje de regreso había naufragado en Feacia, donde el rey le acogió en la corte. Allí había sido un extraño, un misterioso desconocido. A un desconocido se le pregunta: «¿Quién eres? ¿De dónde vienes? ¡Cuenta!». Y él contó. Durante ocho largos días de *La Odisea*, reconstruyó detalladamente sus aventuras ante los feacios atónitos.

En Ítaca, sin embargo, no era un extraño, era uno de ellos y por eso a nadie se le ocurría decirle: «¡Cuenta!».

10

Ha ojeado sus antiguas agendas de direcciones, deteniéndose largamente en nombres medio olvidados; luego ha reservado una sala en un restaurante. En una mesa apoyada contra la pared, al lado de las pastas saladas esperan doce botellas alineadas. En Bohemia no se bebe buen vino y no se tiene por costumbre guardar antiguas cosechas. De ahí que Irena se alegre tanto de haber comprado aquel viejo burdeos: para sorprender a sus invitadas, para celebrarlo con una fiesta, para recuperar su amistad.

Ha estado a punto de estropearlo todo. Sus amigas observan incómodas las botellas, hasta que una de ellas, con mucho aplomo y orgullosa de su simplicidad, proclama su preferencia por la cerveza. Enardecidas por ese desparpajo, las demás se adhieren, y la ferviente amante de la cerveza llama al camarero.

Irena se reprocha el gesto desafortunado de la caja de burdeos; haber puesto en evidencia tontamente lo que las separa: su larga ausencia del país, sus costumbres de extranjera, su soltura. Se lo reprocha todavía más porque le otorga una gran importancia a ese reencuentro: quiere comprender por fin si desea vivir allí, sentirse en casa, tener amigos. Por eso no quiere acomplejarse con esa pequeña metedura de pata, incluso está dispuesta a considerarla como una manera simpática de sincerarse; además, ¿no es la cerveza, por la que sus invitadas han manifestado su fidelidad, la bebida de la sinceridad, el filtro que disuelve toda hipocresía, toda la comedia de los buenos modales, e incita a sus aficionados a orinar sin pudor y engordar con despreocupación? Sí, las mujeres a su alrededor son cálidamente gordas, no paran de hablar, derrochan buenos consejos y elogian a Gustaf, a quien todas ellas conocen.

Entretanto aparece el camarero por la puerta con diez jarras de medio litro de cerveza, cinco en cada mano, gran alarde atlético que suscita risas y aplausos. Levantan las jarras y brindan: «¡A la salud de Irena! ¡A la salud de la hija pródiga!».

Irena bebe un modesto sorbo de cerveza mientras va diciéndose: ¿lo habrían rechazado si hubiera sido Gustaf el que les ofreciera el vino? Claro que no. Al rechazarle a ella el vino, es a ella a quien rechazan, a ella tal como ha regresado después de tantos años.

Y en esto precisamente consiste su apuesta: se fue de allí siendo aún una inocente jovencita y ahora regresa hecha una mujer madura, con una vida tras de sí, una vida difícil de la que se siente orgullosa. Quiere hacer lo que sea para que ellas la acepten con las experiencias que ha vivido en los últimos veinte años, con sus convicciones, con sus ideas; es tómalo o déjalo: o consigue estar entre ellas tal como es ahora, o no se quedará. Ha organizado ese encuentro como punto de partida de su ofensiva. Que beban cerveza si se obstinan en ello, le da igual, lo que le importa es elegir ella misma el tema de conversación y conseguir que la escuchen.

Pero pasa el tiempo, las mujeres hablan todas a la vez y es casi imposible entablar una conversación, y menos aún imponerle un contenido. Irena intenta retomar delicadamente los temas que surgen y derivarlos hacia lo que quisiera decir, pero fracasa: en cuanto sus comentarios se alejan de las preocupaciones de ellas, nadie la atiende.

El camarero ha traído la segunda ronda de cervezas; en la mesa sigue su primera jarra, que, ya sin espuma, queda como deshonrada al lado de la exuberante espuma de otra recién traída. Irena se reprocha haber perdido el gusto por la cerveza; en Francia ha aprendido a saborear la bebida con sorbos cortos y ha perdido la costumbre de tragar abundantes cantidades de líquido como lo exige el culto a la cerveza. Se lleva la jarra a la boca y se esfuerza por beber dos, tres tragos de golpe. En ese momento una mujer, la mayor de todas, entrada en los sesenta, apoya con ternura la mano sobre sus labios para quitarle la espuma que ha quedado allí. «No te esfuerces», le dice. «¿Por qué no tomamos vino tú y yo? Sería una tontería perderse un tinto tan bueno», y se dirige al camarero para que abra una de las botellas que permanecen intactas a lo largo de la mesa.

11

Milada había sido colega de Martin en el mismo instituto. En cuanto ha aparecido por la puerta de la sala, Irena la ha reconocido, pero sólo ahora, cuando cada una tiene su copa de vino en la mano, puede hablar con ella; la mira: su rostro aún conserva la misma forma (redonda), el mismo pelo negro, el mismo peinado (también redondo, que le cubre las orejas y le llega por debajo del mentón). Da la impresión de no haber cambiado; sólo cuando empieza a hablar su rostro se transforma de repente: su piel se pliega y repliega, su labio superior se cubre de finas ranuras verticales mientras, a cada gesto, las arrugas de las mejillas y del mentón van cambiando a toda prisa de lugar. Irena se dice que seguramente Milada no se da cuenta de ello; sólo conoce su propio rostro cuando está inmóvil, con la piel casi lisa; todos los espejos del mundo le dejan creer que sigue siendo hermosa.

Mientras saborea el vino, Milada dice (en su hermoso rostro surgen inmediatamente las arrugas, que se ponen a bailotear):

–Nunca es fácil regresar, ¿verdad?

–Ellas no pueden comprender que nos marchamos sin la menor esperanza de volver. Hicimos un esfuerzo por arraigarnos allí adonde fuimos. ¿Conoces a Skacel?

–¿El poeta?

–En un cuarteto habla de la tristeza, dice que

quiere construir con ella una casa y encerrarse allí trescientos años. ¡Trescientos años! Todos hemos visto abrirse ante nosotros un túnel de trescientos años.

–Pues sí, nosotros aquí también.

–Entonces, ¿por qué nadie quiere saberlo?

–Porque rectificamos los sentimientos si los sentimientos se han equivocado. Si la Historia los ha desautorizado.

–Además, todo el mundo cree que nos marchamos para disfrutar de una vida más fácil. No saben lo difícil que es abrirte camino en un mundo ajeno. ¿Te das cuenta? Abandonar tu país con un bebé y llevar otro en el vientre. Perder a tu marido. Educar a dos hijas en la miseria...

Se calla y Milada dice: «No tiene sentido que les cuentes todo eso. Hasta hace bien poco la gente se peleaba por probar quién había padecido más en el antiguo régimen. Sí, todo el mundo quería ser reconocido como víctima. Por suerte esa carrera por saber quién ha padecido más ya se ha acabado. Hoy la gente se jacta de tener éxito, no de padecer. Si la gente está dispuesta ahora a respetarte no es porque tu vida haya sido difícil, ¡sino porque te ve al lado de un hombre rico!».

Siguen hablando durante un buen rato en un rincón de la sala hasta que las demás se acercan y las rodean. Como si se recriminaran no ocuparse lo suficiente de su anfitriona, hablan por los codos (la ebriedad de la cerveza es más ruidosa y bonachona que la del vino) y se muestran afectuosas. La mujer que desde el principio ha reclamado la cerveza exclama: «¡De todos modos tengo que probar tu vino!», y llama al camarero, quien descorcha otras botellas y llena las copas.

Irena tiene una visión repentina: un grupo de mujeres corre hacia ella con jarras de cerveza en la mano y riendo ruidosamente, y ella va captando palabras en checo y comprende, con terror, que no está en Francia, sino en Praga, y que está perdida. Así es, uno de aquellos viejos sueños de emigrados cuyo recuerdo procura ahuyentar al instante: esas mujeres que la rodean ya no beben cerveza, sino que alzan copas de vino y brindan una vez más por la hija pródiga; luego, una de ellas le dice radiante: «¿Te acuerdas? ¡Te escribí que ya era hora, que ya era hora de que volvieras!».

¿Quién es esa mujer? Se había pasado la velada hablando de la enfermedad de su marido, deteniéndose, excitada, en los detalles más morbosos. Por fin la reconoce Irena: es su amiga del colegio, la misma que, a la semana de caer el comunismo, le había escrito: «Oh, querida, nos estamos haciendo viejas. ¡Ya es hora de que vuelvas!». Repite ahora una vez más esta frase y, en su rostro, más espeso, una gran sonrisa deja entrever su dentadura postiza.

Las demás mujeres la avasallan con preguntas: «Irena, ¿te acuerdas de cuando...?». Y: «¿Sabes lo que ocurrió entonces con...?». «Claro que sí, ¡claro que te acuerdas de él!» «El tipo aquel con las orejas muy grandes, ¡siempre te habías burlado de él!» «¡No puedes haberte olvidado de él! ¡No para de hablar de ti!»

Hasta entonces no se habían interesado por lo que ella intentaba contarles. ¿Qué sentido tiene esta repentina ofensiva? ¿Qué quieren saber esas mujeres que antes no han querido escuchar nada? Irena comprende enseguida que sus preguntas son especiales: preguntas destinadas a comprobar si conoce lo que ellas conocen, si recuerda lo que ellas recuerdan. Esto le deja una extraña impresión que ya no la abandonará:

Al desinteresarse completamente por lo que ella ha vivido en el extranjero, han empezado por amputarle veinte años de vida. Ahora, con este interrogatorio, intentan hilvanar su antiguo pasado con su vida presente. Como si le amputaran el antebrazo y fijaran la mano directamente en el codo; como si le amputaran las pantorrillas y le unieran las rodillas a los pies.

Asombrada por esta imagen, no consigue contestar a sus preguntas; por otra parte, las mujeres tampoco esperan que lo haga y, cada vez más ebrias, vuelven a su cacareo, del que Irena queda apartada. Las ve abrir la boca al mismo tiempo, bocas que se mueven, emiten palabras y no paran de reír (misterio: ¿cómo pueden reír unas mujeres que no se escuchan?). Ninguna se dirige ya a Irena, pero todas se muestran radiantes y de buen humor, la mujer que pidió la primera cerveza empieza a cantar, las demás le van a la zaga e incluso, ya en la calle, una vez terminada la fiesta, siguen cantando.

En la cama, Irena da un repaso a la velada; su viejo sueño de emigrada vuelve a ella una vez más y se ve rodeada de mujeres, ruidosas y cordiales, que levantan sus jarras de cerveza. En el sueño están al servicio de la policía secreta y tienen orden de capturarla. Pero ¿al servicio de quién estaban las mujeres de hoy? «Ya era hora de que volvieras», le ha dicho su antigua compañera de colegio con su macabra dentadura. Cual emisaria de los cementerios (de los cementerios de la patria), había sido la encargada de llamarla al orden: de advertirla de que el tiempo apremia y de que la vida debe terminar allí donde empezó.

Después se pone a pensar en Milada, que se ha mostrado tan maternalmente amistosa; por ella ha comprendido que a nadie le interesa ya su odisea, e Irena se dice que, por otra parte, tampoco Milada se ha interesado por ella. Y cómo echárselo en cara. ¿Por qué habría de interesarse por algo que no guarda relación alguna con su propia vida? Hubiera sido un cumplido de farsante e Irena se alegra de que Milada haya sido tan amable, sin atisbo de comedia.

Su último pensamiento antes de dormirse es para Sylvie. ¡Hace tanto tiempo que no la ve! ¡La echa de menos! A Irena le gustaría invitarla a un café y contarle sus últimos viajes por Bohemia. Hacerle comprender la dificultad del regreso. Por otra parte, fuiste tú, se imagina que le dice, la primera en pronunciar esas palabras: Gran Regreso. Y, ¿sabes, Sylvie?, hoy lo he comprendido: podría vivir de nuevo entre ellos, pero a condición de que todo lo que he vivido contigo, con vosotros, con los franceses, lo deposite en el altar de la patria y le prenda fuego.

Veinte años de mi vida en el extranjero pasarán a ser puro humo durante una ceremonia sagrada. Y las mujeres cantarán y bailarán conmigo alrededor de la hoguera, levantando sus jarras de cerveza. Es el precio que hay que pagar para que me perdonen. Para que sea aceptada. Para que vuelva a ser una de ellas.

12

En el aeropuerto de París, una vez pasado el control de la policía, Irena fue a sentarse a la sala de espera. En el banco de enfrente vio a un hombre y, tras dos segundos de incertidumbre y sorpresa, lo reconoció. En plena agitación, esperó a que sus miradas se cruzaran y entonces sonrió. Él también sonrió e inclinó ligeramente la cabeza. Ella se levantó y fue hacia él, que se levantó a su vez.

–Nos conocimos en Praga, ¿verdad? –le dijo ella en checo–. ¿Te acuerdas de mí?

–Naturalmente.

–Te he reconocido enseguida. No has cambiado nada.

—Exageras un poco, ¿no?

—No, no. Estás como antes. Dios mío, ¡queda todo tan lejos! —Luego, riéndose—: ¡Te agradezco que me reconozcas! —Y enseguida—: ¿Has estado todo este tiempo allá?

—No.

—¿Has emigrado?

—Sí.

—Y ¿dónde has vivido? ¿En Francia?

—No.

Ella suspiró:

—Imagínate que hubieras vivido en Francia y que sólo nos hubiéramos encontrado hoy...

—Estoy de paso en París por pura casualidad. Vivo en Dinamarca, ¿y tú?

—Aquí, en París. ¡Dios mío! No puedo creerlo. ¿Cómo te ha ido durante todo este tiempo? ¿Has podido ejercer tu profesión?

—Sí, ¿y tú?

—Tuve que ejercer al menos siete.

—No te pregunto cuántos hombres habrás tenido.

—No, no me lo preguntes. Te prometo que yo tampoco te haré ese tipo de preguntas.

—¿Y ahora? ¿Has regresado?

—No del todo. Conservo mi apartamento en París. ¿Y tú?

—Yo tampoco.

—Pero volverás allá a menudo.

—No. Es la primera vez —dijo él.

—Conque has tardado bastante... ¡No te has dado ninguna prisa!

—No.

—¿No tienes ningún compromiso en Bohemia?

—Soy un hombre absolutamente libre.

Dijo esto pausadamente y con un deje de melancolía que a ella no se le escapó.

En el avión, a ella le tocó un asiento en la parte delantera del pasillo y se volvió muchas veces para mirarle. Jamás había olvidado aquel lejano encuentro con él. Fue en Praga, ella había ido con un grupo de amigos a un bar y él, que era amigo de amigos, no había dejado de mirarla. Una historia de amor truncada antes de que empezara. Ella lo había sentido y le quedó como una llaga jamás curada.

En dos ocasiones él fue a apoyarse en su asiento junto al pasillo para continuar la conversación. Ella se enteró entonces de que él sólo pasaría en Bohemia tres o cuatro días y, además, en una ciudad de provincias, para ver a su familia. Lo lamentó. ¿No iba a quedarse ni un día en Praga? Sí, tal vez, uno o dos días antes de volver a Dinamarca. ¿Podrían verse? Sería simpático volver a verse. Él le dio el nombre del hotel donde estaría alojado en la ciudad de provincias.

13

También él se alegraba de ese encuentro; ella se mostraba amistosa, coqueta y agradable, guapa a los cuarenta, y él no tenía ni idea de quién era. Suele ser molesto decirle a una persona que no te acuerdas de ella, pero esta vez era doblemente molesto, porque no es que la hubiera olvidado, sino que ni siquiera la reconocía. Y confesarle algo así a una mujer es una trastada de la que él no se veía capaz. Por otra parte, había entendido muy rápido que la desconocida no podría saber si él la recordaba o no y que nada era más fácil que conversar con ella. Pero en el momento en que prometieron volver a verse y ella quiso darle su número de teléfono, se había sentido incómodo: ¿cómo iba a llamar a alguien cuyo nombre desconocía? Sin dar explicaciones, él le había dicho que prefería que le llamara ella y le había pedido que anotara el número de su hotel en la ciudad de provincias.

Ya en el aeropuerto de Praga, se separaron. Él alquiló un coche, salió a la autopista y luego se desvió por una carretera secundaria. Al llegar a la ciudad, buscó el cementerio. En vano. Se encontró en un barrio nuevo con altos edificios uniformes que le despistaron. Vio a un niño de unos diez años, detuvo el coche, preguntó cómo se llegaba al cementerio. El niño lo miró sin contestar. Pensando que no le había entendido, Josef articuló más despacio y más alto su pregunta, como un extranjero que se esfuerza por pronunciar bien lo que dice. El niño acabó contestando que no lo sabía. ¿Pero cómo diablos puede alguien no saber dónde está el cementerio, el único de la ciudad? Arrancó, preguntó a otros transeúntes, pero sus explicaciones le parecieron ininteligibles. Por fin dio con él: encajonado detrás de un viaducto recién construido, parecía modesto y mucho menor que antaño.

Aparcó y se encaminó por una alameda de tilos hasta la tumba. Allí era donde había visto bajar, hacía unos treinta años, el ataúd con el cuerpo de su madre. Había vuelto a aquel lugar con frecuencia, en cada una de las visitas que hacía a su ciudad natal. Cuando hace un mes preparaba esa estancia en Bohemia, sabía ya que empezaría por allí. Miró la lápida; el mármol se había llenado de nombres: por lo visto, la tumba se había convertido entretanto en un gran dormitorio. Entre la alameda y la lápida no había más que un césped muy cuidado y un arriate con flores; intentaba imaginarse los ataúdes a sus pies: debían de estar los unos al lado de los otros, en filas de tres, superpuestos en varios niveles. La madre estaba abajo de todo. ¿Dónde estaría el padre? Como murió quince años más tarde, estaría separado de ella por al menos una fila de ataúdes.

Volvió a ver el entierro de su madre. En aquella época, abajo sólo yacían dos muertos: los padres de su padre. Entonces le había parecido del todo natural que su madre bajara hacia sus suegros y no se había preguntado siquiera si ella hubiera preferido ir a unirse con sus propios padres. Lo comprendió mucho más tarde: el reparto de los muertos en las sepulturas familiares se decide con mucha antelación según la relación de fuerzas; y la familia de su padre contaba más que la de su madre.

Le desconcertó el número de nuevos nombres en la lápida. Algunos años después de su partida, se había enterado de la muerte de su tío, luego de su tía y, al fin, de su padre. Leyó los nombres con mayor atención; algunos correspondían a personas que hasta entonces él creía aún vivas; se quedó como alelado. No le trastornaban sus muertes (quien decide abandonar su país para siempre debe resignarse a no ver de nuevo a su familia), sino el hecho de que no hubiera recibido ningún aviso. La policía comunista vigilaba las cartas dirigidas a los emigrados; ¿acaso tenían miedo de escribirle? Se fijó en las fechas: los dos últimos entierros habían tenido lugar después de 1989. De modo que dejaron de escribirse no sólo por prudencia. La verdad era aun peor: para ellos él había dejado de existir.

14

El hotel había sido construido en los últimos años del comunismo: un edificio moderno en la plaza mayor, liso, idéntico a los que se construían durante esos años en el mundo entero, muy alto, dominando desde muchas plantas más arriba los tejados de la ciudad. Se instaló en su habitación de la sexta planta, luego se acercó a la ventana. Eran las siete de la tarde, bajaba el crepúsculo, las luces se encendían y la plaza estaba inverosímilmente tranquila.

Antes de venir, él se había preparado para enfrentarse a los lugares conocidos, a su vida pasada, y se había preguntado: ¿me emocionaré?, ¿me dejará indiferente?, ¿me alegraré?, ¿me deprimiré? En absoluto. Durante su ausencia, una escoba invisible había barrido el paisaje de su juventud, borrando todo lo que le era familiar; el enfrentamiento que esperaba no llegó a producirse.

Hace mucho tiempo, Irena visitó una ciudad francesa de provincias en busca de reposo para su marido, ya entonces muy enfermo. Era domingo, la ciudad estaba tranquila, se detuvieron en un puente y miraron correr el agua, serena, entre las dos orillas arboladas. En un recodo del río, un viejo caserón rodeado de un jardín les pareció la imagen misma de un hogar seguro, como el sueño de un pasado idilio. Sobrecogidos por semejante belleza, bajaron por una escalera hasta la orilla, deseosos de pasear. Pocos pasos más adelante, comprendieron que la paz dominical les había llevado a engaño: máquinas, tractores, montones de tierra y arena; al otro lado del río, árboles abatidos; y el caserón, cuya belleza les había atraído cuando lo vieron desde arriba, tenía los cristales rotos y un gran hueco en lugar de la puerta; detrás se alzaba una elevada construcción de unas diez plantas; no por ello la belleza del paisaje urbano que les había encantado dejaba de ser una ilusión óptica; pisoteada, humillada, burlada, se transparentaba a través de su propia ruina. Una vez más la mirada de Irena se posó en la otra orilla y observó que los grandes árboles abatidos ¡estaban floreciendo!; abatidos, caídos, ¡estaban vivos! En aquel momento, bruscamente, explotó *fortissimo* una música desde unos altavoces. Al recibir ese mazazo, Irena se llevó las manos a los oídos y estalló en llanto. Llanto por el mundo que desaparecía ante sus ojos. Su marido, que moriría pocos meses después, la tomó de la mano y se la llevó.

La gigantesca escoba invisible que transforma, desfigura, borra paisajes, viene trabajando desde hace milenios, pero sus movimientos, antes lentos, apenas perceptibles, se han acelerado de tal manera que me pregunto si *La Odisea* sería hoy concebible. ¿Pertenece aún a nuestra época la epopeya del regreso? Por la mañana, cuando Ulises se despertó en la playa de Ítaca, ¿habría podido oír extasiado la música del Gran Regreso si hubieran abatido el viejo olivo y él no hubiera podido reconocer nada a su alrededor?

Cerca del hotel, un edificio de gran altura mostraba al desnudo su pared medianera, un muro ciego decorado con un gigantesco dibujo. La penumbra volvía ilegible la inscripción, y Josef sólo distinguió dos manos entrelazadas, dos manos enormes, entre el cielo y la tierra. ¿Habrán estado siempre allí? No se acordaba.

Mientras cenaba solo en el restaurante del hotel escuchaba a su alrededor el rumor de las conversaciones. Se trataba de la música de una lengua desconocida. ¿Qué había ocurrido con el checo a lo largo de esos dos pobres decenios? ¿Había cambiado tal vez el acento? Aparentemente sí. Si antes se situaba con firmeza en la primera sílaba, ahora había perdido fuerza; la entonación había quedado como deshuesada. La melodía parecía más monótona que antes, como si se arrastrara. ¡Y el timbre! Había pasado a ser nasal, lo cual otorgaba a la palabra un tono desagradablemente hastiado. Es probable que, a través de los siglos, la música de todas las lenguas vaya transformándose de manera imperceptible, pero el que regresa después de una larga ausencia queda desconcertado: inclinado sobre su plato, Josef escuchaba una lengua desconocida de la que sin embargo entendía cada una de las palabras.

Luego, en su habitación, descolgó el teléfono y marcó el número de su hermano. Oyó una voz alegre que le invitó a ir enseguida.

–Sólo quería anunciarte mi llegada –dijo Josef–. Perdona que no vaya hoy. No quiero que me veáis en este estado después de tantos años. Estoy agotado. ¿Estás libre mañana?

Ni siquiera estaba seguro de que su hermano trabajara aún en el hospital.

–Libraré –fue la respuesta.

15

Llama al timbre y su hermano, cinco años mayor que él, abre la puerta. Se dan un apretón de manos y se miran. Son miradas de una inmensa intensidad y saben muy bien de qué se trata: cara a cara, los hermanos se pasan revista, rápida, discretamente, el pelo, las arrugas, los dientes; cada uno sabe lo que busca en el rostro que tiene enfrente y sabe también que el otro busca lo mismo en el suyo. Se avergüenzan de ello, porque lo que buscan es la probable distancia que separa al otro de la muerte, o, por decirlo de un modo más brutal, buscan en el otro la muerte que asoma. Quieren acabar cuanto antes esa búsqueda morbosa y se apresuran a encontrar una frase que les haga olvidar esos segundos funestos, una interpelación, una pregunta o, de ser posible (sería un regalo caído del cielo), una broma. Pero nada llega para sacarles del apuro.

«Ven», dice por fin el hermano y, tomando a Josef por los hombros, lo lleva hasta la sala.

16

–Te esperábamos desde que esto se vino abajo –dijo el hermano cuando se sentaron–. Todos los emigrados han vuelto ya, o al menos se han dejado caer por aquí. No, no, no te reprocho nada. Tú sabrás lo que tienes que hacer.

–Te equivocas –rió Josef–, no lo sé.

–¿Has venido solo? –preguntó el hermano.

–Sí.

–¿Has venido para instalarte? ¿Por mucho tiempo o no?

–No lo sé.

–Claro, deberás consultarlo con tu mujer. Te casaste allá, que yo sepa.

–Sí.

–Con una danesa, supongo –dijo tanteando al hermano.

–Sí –dijo Josef y calló.

Ese silencio incomodó al hermano, y Josef, por decir algo, preguntó:

–Ahora la casa es tuya, ¿no?

Antes, aquel apartamento formaba parte de un edificio de tres plantas que pertenecía a su padre; en la segunda planta vivía la familia (padre, madre y dos hijos), las demás se alquilaban. Después de la revolución comunista de 1948, el edificio había sido expropiado y la familia permaneció en él en calidad de inquilina.

–Sí –contestó el hermano, visiblemente incómodo–. Intentamos dar contigo, pero fue imposible.

–¿Ah, sí? ¡Pero si tienes mi dirección!

Después de 1989, todas las propiedades que

con la Revolución habían pasado al Estado (fábricas, hoteles, edificios, campos, bosques) fueron devueltas a sus antiguos propietarios (o, más exactamente, a sus hijos o nietos); este procedimiento recibió el nombre de *restitución*: bastaba con que alguien se declarara propietario ante la justicia para que, al cabo de un año durante el que su reivindicación podía ser protestada, la restitución pasara a ser irrevocable. Esta simplificación jurídica dio lugar a muchas trampas, pero evitó los procesos de herencia, los recursos, las apelaciones, y dio a luz, en un tiempo sorprendentemente corto, a una sociedad de clases, con una burguesía rica, emprendedora, capaz de poner en marcha la economía del país.

«Un abogado se ocupó de todo», contestó el hermano, que seguía incómodo. «Ahora es demasiado tarde. Los procedimientos han concluido. Pero no te preocupes, ya lo arreglaremos tú y yo, y sin abogados.»

En ese momento entró su cuñada. Esta vez no hubo confrontación de miradas: había envejecido tanto que todo quedó claro en cuanto apareció por la puerta. Josef tuvo ganas de bajar la cabeza para no mirarla hasta pasados unos minutos, con el rabillo del ojo, para no herirla.

64

Presa de compasión, se levantó, fue hacia ella y la abrazó.

Volvieron a sentarse. Sin poder desprenderse de la emoción, Josef la miró; si se la hubiera encontrado por la calle, no la habría reconocido. Son los seres más próximos que tengo, se decía, mi familia, la única que me queda, mi hermano, mi único hermano. Se repetía esas palabras como si quisiera prolongar su emoción antes de que desapareciera.

Este vago enternecimiento le obligó a decir:

–Olvida de una vez lo de la casa. Escúchame, seamos pragmáticos, no supone ningún problema para mí tener algo aquí. Mis problemas no están aquí.

Aliviado, el hermano repitió:

–No, no. Me gusta ser equitativo en todo. Por otra parte, también tu mujer tendrá algo que decir.

–Hablemos de otra cosa –dijo Josef poniendo la mano encima de la de su hermano y apretándola.

17

Le llevaron a visitar la casa para enseñarle los cambios que se habían hecho después de su partida. En una de las habitaciones vio un cuadro que había sido suyo. Tras decidirse a abandonar el país, había tenido que actuar rápidamente. Entonces vivía en otra ciudad de provincias y, obligado a mantener en secreto su intención de emigrar, no podía traicionarse repartiendo sus bienes entre los amigos. El día antes de irse había metido las llaves en un sobre y se las había enviado a su hermano. Ya desde el extranjero, le llamó y le rogó que recogiera de su apartamento todo lo que le conviniera antes de que el Estado lo confiscara. Más tarde, instalado en Dinamarca y feliz de emprender una nueva vida, no tuvo el menor deseo de averiguar lo que su hermano había conseguido rescatar ni lo que había hecho con aquello.

Miró largo tiempo el cuadro: un barrio industrial de gente pobre, tratado con esa audaz fantasía de colores que remite a los pintores fauvistas de principios de siglo, Derain por ejemplo. No obstante, el cuadro no era ni mucho menos un simple pastiche; si en 1905 lo hubieran expuesto en el Salón de Otoño de París junto a otros cuadros fauvistas, todo el mundo se habría sorprendido de su rareza, intrigado por el aire enigmático de un visitante llegado de un lugar tan lejano. De hecho, el cuadro era de 1955, época en que la doctrina del arte socialista exigía con severidad el realismo: el autor, un apasionado amante de lo moderno, habría preferido pintar como se pintaba entonces en todo el mundo, o sea, a la manera abstracta, pero no quería dejar de exponer; tuvo que encontrar, pues, el milagroso punto en el que los imperativos de los ideólogos se amoldaran a sus deseos de artista; las barracas que evocaban la vida de los obreros eran el tributo a los ideólogos; los colores, violentamente irreales, el regalo que se hacía a sí mismo.

Josef había visitado su taller en los años sesenta, en un periodo en que la doctrina oficial iba perdiendo fuerza y el pintor era ya libre de hacer más o menos lo que quisiera. Ingenuamente sincero, Josef había preferido aquel cuadro antiguo a los nuevos, y el pintor, que sentía por su fauvismo obrerista una simpatía mezclada de condescendencia, se lo había regalado sin pesar alguno; incluso había añadido con el pincel, al lado de su firma, una dedicatoria con el nombre de Josef.

—Llegaste a conocer bien a ese pintor —observó el hermano.

—Sí. Salvé a su perro caniche.

—¿Irás a verle?

—No.

Después de 1989, Josef había recibido en Dinamarca un paquete con fotos de los nuevos cuadros del pintor, realizados esta vez con total libertad: no se distinguían de los millones de cuadros que entonces se pintaban en el planeta; el pintor podía jactarse de una doble victoria: era totalmente libre y totalmente igual a todo el mundo.

—¿Te sigue gustando ese cuadro? —preguntó el hermano.

—Sí, sigue siendo muy bello.

El hermano señaló con la cabeza a su mujer:

—A Katy le gusta mucho. Todos los días se detiene un rato ante él. —Y añadió—: Al día siguiente de tu partida, me dijiste que se lo diera a papá. Lo colocó encima de su mesa en la oficina del hospital. Sabía cuánto le gustaba a Katy y, antes de morir, se lo legó. —Y tras una breve pausa—: No puedes imaginártelo. Hemos vivido años atroces.

Al mirar a su cuñada, Josef se acordó de que nunca le había caído bien. Su antigua antipatía por ella (ella se la había devuelto con creces) le pareció ahora tonta y lamentable. Estaba de pie, con la mirada fija en el cuadro, su rostro expresaba una triste impotencia, y Josef, compasivo, dijo a su hermano: «Lo sé».

El hermano se puso a contarle la historia de la familia, la larga agonía del padre, la enfermedad de Katy, el matrimonio fracasado de la hija, luego las intrigas contra él en el hospital, donde su posición había ido a menos debido a que Josef había emigrado.

El último comentario no lo dijo en tono de reproche, pero Josef no dudó de la animosidad con la que su hermano y cuñada debieron de hablar de él, indignados por la falta de motivos que habría podido alegar Josef para justificar una emigración para ellos irresponsable: el régimen no les hacía la vida fácil a los parientes de los emigrados.

18

En el comedor, la mesa estaba preparada para el almuerzo. La conversación pasó a ser voluble en cuanto el hermano y la cuñada quisieron informarle de todo lo que había ocurrido en su ausencia. Los decenios planeaban por encima de los platos, y su cuñada, de repente, se volvió contra él: «Tú también tuviste tus años fanáticos. ¡Qué cosas decías de la Iglesia! Te teníamos todos mucho miedo».

El comentario le sorprendió. «¿Miedo de mí?» Su cuñada insistía. Él la miró: en su rostro, que hace unos instantes le había parecido irreconocible, asomaban rasgos de antaño.

Decir que habían tenido miedo de él efectivamente carecía de sentido, ya que el recuerdo de la cuñada no podía referirse más que a sus últimos años de bachillerato, cuando tenía entre dieciséis y diecinueve años. Es muy probable que entonces se hubiera burlado de los creyentes, pero aquellos comentarios no tenían nada en común con el ateísmo militante del régimen e iban destinados tan sólo a su familia, que nunca fallaba un domingo a misa, lo cual despertaba en Josef su instinto de provocación. Al terminar el bachillerato en 1951, tres años después de la Revolución, decidió estudiar medicina veterinaria por ese mismo instinto de provocación: curar enfermos, servir a la humanidad, era el gran orgullo de la familia (su abuelo ya había sido médico) y tenía ganas de decirles a todos que prefería las vacas a los humanos. Pero nadie había admirado ni criticado su rebeldía; como la medicina veterinaria se consideraba socialmente de menor prestigio, su elección se interpretó como falta de ambición y como la aceptación de su papel de segundo en la familia, detrás de su hermano.

Confusamente intentó explicarles (a ellos y a sí mismo) su psicología de adolescente, pero las palabras se le atravesaron en la boca porque la sonrisa congelada de su cuñada, fija en él, expresaba un inmutable desacuerdo con todo lo que decía. Comprendió que no tenía nada que hacer, que era como una ley: la vida de aquellos que consideran su propia vida como un naufragio salen a la caza de culpables. Josef era doblemente culpable: cuando era adolescente hablaba mal de Dios y, cuando adulto, había emigrado. Se le quitaron todas las ganas de explicarles lo que fuera, y su hermano, muy hábilmente, desvió la conversación hacia otro tema.

Su hermano: mientras estudiaba segundo de medicina fue excluido de la universidad en 1948 por sus orígenes burgueses; con la esperanza de retomar más adelante sus estudios y convertirse en cirujano como su padre, lo hizo todo para manifestar su adhesión al comunismo, hasta el punto de que, desesperado y hundido, terminó por ingresar en el partido y en él permaneció hasta 1989. Los caminos de los dos hermanos se separaron: apartado primero de sus estudios y forzado luego a renegar de sus convicciones, el hermano mayor tenía la sensación de ser una víctima (la tendría el resto de su vida); en la escuela veterinaria, menos frecuentada y menos vigilada, el hermano menor no tenía necesidad alguna de ir exhibiendo lealtad al régimen: a los ojos de su hermano, Josef parecía (y le parecería el resto de su vida) un tipo con suerte que sabe salirse con la suya; un desertor.

En agosto de 1968, el ejército ruso invadió el país; durante una semana las calles de todas las ciudades aullaron de indignación. Nunca el país había sido hasta tal punto patria, ni los checos hasta tal punto checos. Ebrio de odio, Josef estaba dispuesto a arrojarse contra los tanques. Luego detuvieron a los hombres de Estado, los transportaron a Moscú y, forzados a firmar un acuerdo apresurado, los checos, siempre llenos de indignación, volvieron a sus casas. Unos catorce años después, en la festividad, impuesta al país, que conmemoraba el cincuenta y dos aniversario de la revolución rusa de octubre, Josef abandonó el barrio donde tenía su consulta y se fue a visitar a su familia al otro lado del país. Al entrar en la ciudad, redujo la velocidad; sería curioso comprobar cuántas ventanas estarían adornadas con banderas rojas, que, en aquel año de derrota, no eran otra cosa que signos de sumisión. Las había, e incluso más de lo que él esperaba: tal vez quienes las enarbolaban actuaban en contra de sus convicciones, por prudencia, con un vago temor, aunque lo hicieran voluntariamente, ya que nadie las imponía ni les amenazaba. Se detuvo ante su casa natal. En la segunda planta, donde vivía su hermano, ondeaba resplandeciente una gran bandera espantosamente roja. Durante un largo minuto Josef la contempló sin salir del coche; luego arrancó. En el camino de regreso decidió abandonar el país. No es que no pudiera vivir en él. Habría podido cuidar aquí de las vacas con toda tranquilidad. Pero estaba solo, divorciado, sin hijos, libre. Se dijo que sólo disponía de una vida y que quería vivirla en otro lugar.

19

Al terminar el almuerzo, ante la taza de café, Josef pensaba en su cuadro. Se preguntaba cómo llevárselo y si no sería demasiado engorroso en el avión. Acaso fuera más práctico quitar la tela del marco y enrollarla.

Estaba a punto de hablar del asunto cuando la cuñada le dijo:

–Supongo que irás a ver a N.

–Todavía no lo sé.

–Erais grandes amigos.

–Sigue siendo un amigo.

–En el 48 todo el mundo temblaba ante él. ¡El comisario rojo! Hizo mucho por ti, ¿no? ¡Estás en deuda con él!

El hermano se apresuró a interrumpir a su mujer y entregó a Josef un paquetito: «Papá lo guardó como un recuerdo tuyo. Lo encontramos después de su muerte».

Al parecer, su hermano tenía que ir pronto al hospital; el encuentro entre los dos hermanos estaba a punto de terminar, y Josef comprobó que su cuadro había desaparecido de la conversación. ¡Cómo! ¿Conque su cuñada se acuerda de su amigo N. pero olvida su cuadro? Aunque estaba dispuesto a renunciar a toda herencia, a su parte de la casa, el cuadro le pertenecía, y le pertenecía sólo a él, ¡con su nombre inscrito al lado del nombre del pintor! La atmósfera se hizo de pronto más densa y al hermano le dio por contar algo gracioso. Josef no le escuchaba. Se había propuesto reclamarle el cuadro y, concentrado en lo que quería decir, dejó caer la mirada sobre la muñeca del hermano y su reloj. Lo reconoció: grande, negro, pasado de moda; se quedó en su apartamento, y el hermano se lo había apropiado. No, Josef no tenía motivo alguno para indignarse. Todo había ocurrido según sus propias instrucciones; no obstante, ver su reloj en la muñeca de otro le hundió en un profundo malestar. Tuvo la impresión de reencontrar el mundo como podría hacerlo un muerto que, al cabo de veinte años, saliera de su tumba: toca tierra con el tímido paso de quien ha perdido la costumbre de caminar; apenas reconoce el mundo donde vivió, pero se topa constantemente con los restos de su vida: ve su pantalón, su corbata, en los cuerpos de los supervivientes, quienes, con toda naturalidad, se los han repartido; lo ve todo y no reivindica nada: los muertos suelen ser tímidos. Presa de la timidez de los muertos, Josef no tuvo el valor de decir una sola palabra con respecto a su cuadro. Se levantó.

«Vuelve esta noche. Cenaremos juntos», dijo el hermano.

Josef vio de repente el rostro de su propia mujer; sintió la acuciante necesidad de dirigirse a ella, de hablar con ella. Pero no podía: su hermano le miraba aguardando una respuesta.

«Perdonadme, pero tengo muy poco tiempo. La próxima vez será», y cordialmente les dio a los dos un apretón de manos.

Camino del hotel, el rostro de su mujer volvió a aparecérsele y él se enfureció: «Es culpa tuya. Fuiste tú quien me dijo que debía venir. Yo no quería. No tenía ningunas ganas de regresar. Pero tú no estabas de acuerdo. No venir, según tú, era anormal, injustificable, incluso feo. ¿Todavía crees que tenías razón?».

20

Una vez en la habitación, abrió el paquete que le había dado su hermano: un álbum de fotos de su infancia: su madre, su padre, su hermano y, en muchas, el pequeño Josef; lo deja a un lado para guardarlo. Dos libros ilustrados para niños; los tira a la papelera. El dibujo coloreado de un niño, con una dedicatoria: «Para el cumpleaños de mamá», y su firma estampada con torpeza; lo tira. Luego, un cuaderno. Lo abre: su diario de cuando estudiaba bachillerato. ¿Cómo fue a parar a casa de sus padres?

Las notas estaban fechadas en los primeros años del comunismo, pero –y ahí su curiosidad se llevó una pequeña decepción– no encuentra en ellas sino descripciones de citas con chicas del instituto. ¿Un libertino precoz? Pues no: un jovencito todavía virgen. Ojea distraídamente y se detiene en unos reproches que le dirigió a una chica: «Me has dicho que, en el amor, sólo cuenta lo carnal. Nena, si un hombre te confesara que de ti no desea más que tu carne, saldrías corriendo. Sólo entonces tal vez comprenderías cuán atroz es la sensación de soledad».

Soledad. Esta palabra vuelve con frecuencia. Intentaba asustar a las chicas trazando la espantosa perspectiva de la soledad. Para que le quisieran, las sermoneaba como un cura: sin sentimientos, la sexualidad se extiende como un desierto donde uno muere de tristeza.

Lee aquello y no se acuerda de nada. ¿Qué habrá venido a decirle ese desconocido? ¿Recordarle que, en aquel entonces, vivió aquí con su nombre? Josef se levanta y va hacia la ventana. La plaza está iluminada por un sol tardío, y la imagen de las dos manos entrelazadas en la gran medianera es esta vez perfectamente visible: una es blanca, la otra negra. Por encima, una sigla de tres letras promete «seguridad» y «solidaridad». No cabe duda de que aquello fue pintado después de 1989, cuando el país adoptó los lemas de los nuevos tiempos: fraternidad entre todas las razas; mezcla de todas las culturas; unidad de todo, unidad de todos.

¡Cuántas veces no habrá visto Josef carteles con manos entrelazadas! ¡El obrero checo estrechando la mano de un soldado ruso! Aunque odiada, esa imagen propagandística formaba parte incontestablemente de la Historia de los checos, que tenían miles de razones tanto para estrechar la mano como para rechazársela a los rusos o a los alemanes. Pero ¿una mano negra? En este país la gente apenas sabe que existen los negros. Su madre nunca había visto a uno en la vida.

Mira esas manos suspendidas entre el cielo y la tierra, enormes, mayores que el campanario de la iglesia, manos que volvieron a situar aquel lugar en un decorado brutalmente distinto. Inspecciona largamente la plaza a sus pies como si buscara las huellas que, siendo joven, dejara en el suelo cuando paseaba allí con sus condiscípulos.

«Condiscípulos»; pronuncia esa palabra lentamente, a media voz, para respirar el perfume (apagado, apenas sensible) de su primera juventud, de aquel tiempo pasado, perdido, tiempo abandonado, triste como un orfanato; pero, contrariamente a Irena en la ciudad francesa de provincias, no siente afecto alguno por ese pasado que, impotente, asoma en él; ningún deseo de regreso; tan sólo una ligera reserva; desapego.

Si fuera médico, dictaminaría sobre su caso el siguiente diagnóstico: «El enfermo padece insuficiencia de añoranza».

21

Pero Josef no cree que esté enfermo. Cree que está lúcido. La insuficiencia de añoranza es la prueba del escaso valor que tiene para él su vida pasada. Rectifico, pues, mi diagnóstico: «El enfermo padece de una deformación masoquista de su memoria». En efecto, no recuerda sino situaciones que le disgustan de sí mismo. Pero ¿acaso no tuvo de niño cuanto deseaba? ¿No había sido venerado su padre por todos sus pacientes? ¿Por qué su hermano se sentía orgulloso de eso y él no? Se peleaba a menudo con sus compañeros y se peleaba como un valiente. Ahora bien, ha olvidado todas sus victorias y, en cambio, lo único que recordará siempre es aquel episodio en que un compañero, al que él consideraba más débil, lo puso un día de espaldas al suelo y lo mantuvo así durante diez segundos contados en voz alta. Aún hoy siente en la espalda aquella humillante presión de la tierra. Cuando vivía en Bohemia y se encontraba con alguien que le había conocido anteriormente, siempre se sorprendía de que le tuvieran por alguien más bien valiente (él, en cambio, se veía pusilánime), cáustico (se creía aburrido) y buena persona (sólo se acordaba de sus mezquindades).

Sabía muy bien que su memoria le odiaba, que no hacía más que calumniarle; por lo tanto, se había esforzado para no darle crédito y ser más indulgente con su propia vida. Sin resultado: no sentía placer alguno en mirar atrás y lo hacía lo menos posible.

Según quiere hacer creer a los demás y a sí mismo, abandonó su país porque ya no soportaba verlo sometido y humillado. Lo que dice es cierto, pero los checos en su mayoría se sentían como él, sometidos y humillados, y no por ello se fueron corriendo al extranjero. Permanecieron en su país, porque se querían a sí mismos y porque se querían junto con su vida, inseparables del lugar donde habían crecido. Como su memoria era malévola y no le ofrecía a Josef nada que le hiciera deseable su propia vida en el país, atravesó la frontera con paso ligero y sin remordimiento.

Una vez en el extranjero, ¿perdía su memoria esa influencia nociva? Sí; porque allí Josef no tenía motivos ni ocasión de ocuparse de los recuerdos relacionados con un país en el que ya no vivía. Es la ley de la memoria masoquista: a medida que van cayendo en el olvido las distintas etapas de su vida, el ser humano se quita de encima todo lo que no le gusta y se siente más ligero, más libre.

Y, sobre todo, en el extranjero Josef se enamoró, y el amor es la exaltación del tiempo presente. Su apego al presente ahuyentó los recuerdos, lo protegió contra sus interferencias; su memoria no pasó a ser más malévola, sino más descuidada, como desprendida, y perdió poder sobre él.

22

Cuanto mayor es el tiempo que hemos dejado atrás, más irresistible es la voz que nos incita al regreso. Esta sentencia parece un lugar común, sin embargo es falsa. El ser humano envejece, el final se acerca, cada instante pasa a ser siempre más apreciado y ya no queda tiempo que perder con recuerdos. Hay que comprender la paradoja matemática de la nostalgia: ésta se manifiesta con más fuerza en la primera juventud, cuando el volumen de la vida pasada es todavía insignificante.

De las brumas del tiempo en que Josef estudiaba bachillerato veo sobresalir a una chica; es esbelta, hermosa, virgen, y está melancólica porque acaba de separarse de un chico. Se trata de su primera ruptura amorosa, sufre, pero su dolor es menos agudo que su asombro ante el descubrimiento del tiempo; lo ve como jamás lo había visto antes.

Hasta entonces el tiempo se le había revelado como un presente que avanza y se traga el porvenir; lo temía cuando avanzaba veloz (si esperaba algo malo) o se sublevaba cuando se hacía lento (si esperaba algo bueno). Pero ahora el tiempo se le revela de un modo muy distinto; ya no se trata del presente victorioso que se apodera del porvenir; se trata del presente vencido, cautivo, que el pasado se lleva. Ve a un chico que se aleja de su vida y se va, inaccesible ya para siempre. Hipnotizada, sólo puede mirar ese pedazo de vida que se aleja, resignada a mirarlo y sufrir. Experimenta una sensación, del todo nueva, que se llama añoranza.

Esta sensación, este deseo invencible de regresar, le descubre de golpe la existencia del pasado, el poder del pasado, de su pasado; en la casa de su vida han aparecido ventanas, ventanas abiertas hacia atrás, a lo que ha vivido; ya no podrá concebir su existencia sin esas ventanas.

Un buen día, con su nuevo amor (platónico, por supuesto), se encamina por un sendero del bosque cercano a la ciudad; por ese mismo sendero había paseado unos meses antes con su amor precedente (aquel que, tras la ruptura, había despertado en ella su primera añoranza) y esa coincidencia la emociona. Deliberadamente, se dirige hacia una pequeña capilla en ruinas en el cruce de dos caminos forestales, porque fue allí donde su primer amor quiso besarla. Una irreprimible tentación la incita a revivir el pasado amor. Desea que las dos historias de amor se crucen, confraternicen, se mezclen, se mimen mutuamente y crezcan, fundidas ya.

Cuando el amor de entonces, en ese lugar, intentó detenerse para abrazarla, ella, feliz y turbada, había acelerado el paso y se lo había impedido. ¿Qué ocurrirá esta vez? Su actual amor disminuye la marcha, ¡él también se dispone a abrazarla! Deslumbrada por la repetición (por la magia de esta repetición), obedece al imperativo de la semejanza y acelera el paso tirándole de la mano.

Desde entonces se deja seducir por este tipo de afinidades, por esos contactos furtivos entre el presente y el pasado, busca esos ecos, esas correspondencias, esas corresonancias que le permiten sentir la distancia entre lo que fue y lo que es, la dimensión temporal (tan nueva, tan sorprendente) de su vida; tiene la impresión de salir así de la adolescencia, de madurar, de ser adulta, y eso significa para ella convertirse en alguien con conocimiento del tiempo, alguien que ha dejado atrás un fragmento de vida y es capaz de volver la vista para contemplarlo.

Un día ve a su nuevo amor correr hacia ella con una chaqueta azul y recuerda que también le gustaba que su primer amor llevara una chaqueta azul. Otro día, mirándola a los ojos, él le dice, empleando una metáfora muy insólita, que son muy bonitos; ella se queda fascinada porque su primer amor le había dicho sobre sus ojos, palabra por palabra, la misma insólita frase. Tales coincidencias la maravillan. Nunca se siente tan cautivada por la belleza como cuando la añoranza de su pasado amor se confunde con las sorpresas de su nuevo amor. La intrusión del amor de entonces en la historia que está viviendo no representa para ella una secreta infidelidad, sino que acrecienta aun más su afecto por el que camina en aquel momento a su lado.

Ya mayor, verá en esas semejanzas una lamentable uniformidad de individuos (que, para besarla, se detienen todos en los mismos lugares, comparten los mismos gustos en el vestir, piropean a una mujer con la misma metáfora) y una agotadora monotonía de acontecimientos (que no son más que la repetición del mismo); pero, en la adolescencia, acoge estas coincidencias como un milagro y se siente ávida de descifrar sus significados. El hecho de que su amor de hoy se parezca extrañamente al de entonces lo hace aún más excepcional, más original, y le incita a creer que está misteriosamente predestinada a él.

23

No, el diario no contiene ninguna alusión política. Ni una sola referencia a aquel periodo, salvo tal vez al puritanismo de los primeros años del comunismo y al ideal del amor sentimental como telón de fondo. Josef se para en una confidencia del joven virgen: tenía fácilmente el valor de acariciar los pechos de una chica, pero debía superar su propio pudor para tocarle el culo. Demostraba sentido de la precisión: «Durante la cita de ayer no me atreví a tocarle el trasero a D. más de dos veces».

Intimidado por el culo, se sentía más ávido de sentimientos: «Me asegura que me quiere, su promesa de coito es mi victoria...» (por lo visto, el coito como prueba de amor le importaba más que el acto físico en sí), «... pero me siento decepcionado: no hay éxtasis en ninguno de nuestros encuentros. Me aterra imaginar nuestra vida en común». Y más adelante: «Qué agotadora es la fidelidad cuando no brota de una verdadera pasión».

Éxtasis; vida en común; fidelidad; verdadera pasión. Josef se detiene en esas palabras. ¿Qué podían significar para aquel joven inmaduro? Eran tan enormes como vagas, y su fuerza consistía precisamente en su nebulosidad. Buscaba sensaciones que desconocía, que no comprendía; las buscaba en su pareja (acechando la menor emoción que se reflejara en su rostro), las buscaba en sí mismo (durante interminables horas de introspección), pero invariablemente se sentía frustrado. Había anotado entonces (y Josef se ve forzado a reconocer la insospechada perspicacia de esta observación): «El deseo de compadecerla y el deseo de hacerla sufrir son un único y mismo deseo». Y, efectivamente, se portaba como dejándose guiar por esa frase: con el fin de sentir compasión (para alcanzar el éxtasis de la compasión) hacía todo lo posible para ver sufrir a su amiga; la torturaba: «He levantado en

87

ella sospechas acerca de mi amor. Ha caído en mis brazos, la he consolado, me he refocilado con su tristeza y, por un instante, he sentido asomar en mí un brote de excitación».

Josef intenta comprender al joven virgen, ponerse en su lugar, pero es incapaz. Aquel sentimentalismo mezclado con sadismo es totalmente contrario a sus gustos y a su naturaleza. Arranca una página en blanco del diario y, con un lápiz, vuelve a copiar la frase: «Me he refocilado con su tristeza». Contempla un buen rato las dos letras: la antigua es algo torpe, pero las dos tienen la misma forma ayer que hoy. Esta semejanza le resulta desagradable, le molesta, le choca. ¿Cómo pueden tener la misma letra dos seres tan ajenos, tan opuestos? ¿En qué consiste esa esencia común que los convierte, a él y a aquel mocoso, en una única persona?

24

Ni el joven virgen ni la estudiante de bachillerato disponían de un apartamento para encontrarse a solas: el coito que ella le había prometido tuvo que aplazarse hasta el verano, todavía lejano. Entretanto, se pasaban la vida cogidos de la mano paseando por las aceras o los senderos del bosque (los enamorados de entonces eran caminantes incansables), condenados a conversaciones reiterativas y a tocamientos que no llevaban a ninguna parte. En aquel desierto sin éxtasis, él le anunció un día que su separación era inevitable porque pronto se marcharía a Praga.

Josef se sorprende de lo que dice: ¿marcharse a Praga? Ese proyecto era simplemente imposible, pues su familia jamás quiso abandonar la ciudad. Y de pronto emerge del olvido el recuerdo, desagradablemente presente y vivo: se encuentra en un sendero del bosque, de pie frente a la chica, ¡hablándole de Praga! Le habla de su traslado, ¡y miente! Recuerda a la perfección su conciencia de mentiroso, se ve hablando y mintiendo, ¡mintiendo para hacerla llorar!

Lee: «Entre sollozos, me besó. Estuve extremadamente atento a cada manifestación de su dolor y lamento no acordarme ya del número exacto de sus sollozos».

¿Será posible? «Extremadamente atento a cada manifestación de su dolor», ¡había contado incluso los sollozos! ¡Vaya con el verdugo-contable! Era su manera de sentir, de vivir, de saborear, de realizar el amor. La estrechaba entre sus brazos, ella sollozaba ¡y él se ponía a contar!

Sigue leyendo: «Luego se calmó y me dijo: "Ahora comprendo a esos poetas que siguen siendo fieles hasta la muerte". Levantó la cabeza hacia mí y sus labios temblaban». En el diario, la palabra «temblaban» estaba subrayada.

No recuerda ni su respuesta ni los labios que temblaban. El único recuerdo aún vivo es el del momento en que le contó mentiras acerca del traslado a Praga. Es lo único que había permanecido en su memoria. Se esfuerza por evocar con mayor nitidez los rasgos de aquella chica exótica que, en lugar de cantantes o jugadores de tenis, apelaba a poetas; ¡poetas «que siguen siendo fieles hasta la muerte»! Saborea el anacronismo de esa frase anotada con minucia y siente un creciente afecto por aquella chica, tan dulcemente trasnochada. Tan sólo le reprocha haberse enamorado de un odioso mocoso empeñado en torturarla.

¡Ay, ese mocoso! Lo ve mientras se fijaba en los labios de la chica, los labios que temblaban descontrolados a su pesar, ¡descontrolados! ¡Debió de excitarse como si presenciara un orgasmo (un orgasmo femenino del que no tenía la menor idea)! ¡Tal vez hasta se le pusiera tiesa! ¡Seguramente!

¡Basta! Josef pasa páginas y se entera de que la chica se preparaba para ir con su curso a esquiar durante una semana a la alta montaña; el mocoso protestó, la amenazó con una ruptura; ella le explicó que eso formaba parte de las obligaciones del instituto; él hizo oídos sordos y se enfureció (¡otro éxtasis, el éxtasis de la ira!). «Si te vas, se ha acabado todo entre nosotros. Te lo juro, ¡es el fin!»

¿Qué le contestó ella? ¿Temblarían sus labios cuando él estalló en un histérico ataque de nervios? Sin duda no, porque, de lo contrario, él habría mencionado aquel movimiento descontrolado de los labios, aquel orgasmo virginal. Por lo visto, aquella vez el mocoso había sobrestimado su poder. Porque la estudiante de bachillerato ya no vuelve a salir en ninguna otra nota. Siguen algunas descripciones de citas desabridas con otra chica (Josef se salta líneas) y el diario termina con el fin del séptimo curso (los estudiantes de bachillerato checos tienen ocho), precisamente en el momento en que una mujer mayor que él (de ésta sí se acuerda muy bien) le descubrió el amor físico y orientó su vida en otra dirección; no anotó nada sobre todo esto, el diario no sobrevivió a la virginidad de su autor; un brevísimo capítulo de su vida quedó zanjado y, sin continuidad ni consecuencias, quedó relegado al rincón oscuro de los objetos olvidados.

Josef empieza a hacer pedazos las páginas del diario. Es un gesto sin duda exagerado, inútil; pero siente la necesidad de dar libre curso a su aversión; ¡la necesidad de eliminar a aquel mocoso para que (aunque sólo fuera en un mal sueño) no lo confundieran un día con él, no lo abuchearan en su lugar, no lo consideraran responsable de sus palabras y sus actos!

25

En ese mismo instante sonó el teléfono. Se acordó de la mujer con la que se había encontrado en el aeropuerto y descolgó:

–Usted no me reconocerá –oyó al otro lado.

–Sí, sí, te reconozco. Pero ¿por qué me tratas de usted?

–Si quieres te tuteo, ¡pero no sabes con quién estás hablando!

92

No, no se trataba de la mujer del aeropuerto. Era una de esas voces hastiadas, con un timbre desagradablemente nasal. Se vio en un aprieto. Ella se presentó: era la hija de su primera mujer, de quien se había divorciado, tras unos meses de vida en común, hacía unos treinta años.

—Sí, en efecto, no podía saber con quién estaba hablando —dijo con una risa forzada.

Desde el divorcio él no había vuelto a verlas, ni a su ex mujer ni a su hijastra, a la que, en su recuerdo, seguía viendo como una niña pequeña.

—Necesito hablar con usted. Necesito hablar contigo —rectificó.

Lamentó haberla tuteado; semejante familiaridad le molestó, pero ya no había nada que hacer.

—¿Cómo sabes que estoy aquí? No se lo he dicho a nadie.

—Pues yo me he enterado.

—¿Por quién?

—Tu cuñada.

—No sabía que la conocieras.

—Mamá la conoce.

Comprendió de golpe la alianza que se había creado espontáneamente entre las dos mujeres.

–De modo que me llamas tú en lugar de tu madre.

La voz hastiada se hizo insistente:

–Tengo que hablar contigo. Necesito hablar contigo.

–¿Tu madre o tú?

–Yo.

–Dime antes de qué se trata.

–¿Quieres verme, si o no?

–Te ruego que me digas de qué se trata.

La voz hastiada se puso agresiva:

–Si no quieres verme, dilo de una vez, abiertamente.

Le horrorizaba esa insistencia, pero no encontraba el valor de eludirla. Mantener en secreto el motivo de la cita solicitada era sin duda una astucia eficaz por parte de su hijastra: empezó a inquietarse.

–Estoy aquí sólo por unos días y tengo prisa. Aunque podría hacer un hueco de media hora... –y le señaló un café de Praga para el día de su partida.

–No vendrás.

–Iré.

Cuando colgó, sintió náuseas. ¿Qué querrían ésas de él? ¿Un consejo? Uno no se pone agresivo cuando se necesita un consejo. Querían molestarle. Dejar constancia de que existían. Hacerle perder el tiempo. Pero, en tal caso, ¿por qué ha accedido a citarse con ella? ¿Por curiosidad? ¡Vaya, hombre! Había cedido por miedo. Había sucumbido a un antiguo acto reflejo: para poder defenderse, siempre quería informarse a tiempo acerca de lo que fuera. Pero ¿defenderse? ¿Hoy? ¿De quién? Por supuesto no corría ningún peligro. Sólo que la voz de su hijastra le había inmerso en una nube de viejos recuerdos: intrigas, intervenciones de sus padres, aborto, llanto, calumnias, chantajes, agresividad sentimental, escenas de rabia, cartas anónimas: la conspiración de los porteros.

La vida que dejamos atrás tiene la mala costumbre de salir de las sombras, de presentarnos algunas quejas, de imponernos juicios. Lejos de Bohemia, Josef había aprendido a no tener en cuenta su pasado. Pero el pasado estaba ahí, le acechaba, le observaba. Incómodo, Josef se esforzó por pensar en otra cosa. ¿Pero en qué otra cosa salvo en su pasado puede pensar un hombre que ha ido a ver su país? Durante los dos días que le quedan ¿qué hará? ¿Visitar la ciudad donde tenía su consulta de veterinario? ¿Plantarse, lleno de ternura, delante de la casa donde había vivido? ¿Acaso había alguien entre sus antiguos conocidos a quien, sinceramente, quisiera volver a ver? Emergió la imagen de N. En otros tiempos, cuando los energúmenos de la Revolución acusaron al jovencísimo Josef de quién sabe qué (en aquellos años todo el mundo era acusado de quién sabe qué), N., comunista influyente en la universidad, lo defendió sin tener en cuenta sus propias opiniones ni las de su familia. Así se habían hecho amigos y, si Josef tenía algo que recriminarse, era haberle olvidado prácticamente durante el tiempo de emigración.

«¡El comisario rojo! ¡Todo el mundo temblaba ante él!», había dicho su cuñada como sugiriendo que Josef se había liado por interés con un hombre del régimen. ¡Pobres países sacudidos por grandes fechas históricas! Una vez terminada la batalla, todo el mundo se precipita a lanzar al pasado expediciones de castigo en busca de culpables. Pero ¿quiénes eran los culpables? ¿Los comunistas que habían ganado en 1948, o sus incapaces adversarios que habían perdido? Todo el mundo perseguía a los culpables y todo el mundo era perseguido. Cuando el hermano de Josef entró en el partido para poder continuar con sus estudios, sus amigos le condenaron por arribista. Eso le había hecho odiar aún más el comunismo, al que hacía responsable de su cobardía, mientras su mujer concentraba todo su odio contra personas como N., quien, siendo un marxista convencido antes de la revolución, había participado voluntariamente (por lo tanto, sin perdón posible) en el nacimiento de lo que ella consideraba el mayor de los males.

Volvió a sonar el teléfono. Descolgó y esta vez estaba seguro de reconocerla.

–¡Por fin!

–¡Cuánto me alegra que digas «por fin»! ¿Esperabas mi llamada?

–Con impaciencia.

–¿Lo dices en serio?

–Estaba de un humor de mil diablos. ¡Oír tu voz lo cambia todo!

–¡Vaya, me das una alegría! Me gustaría que estuvieras aquí, conmigo, en el lugar donde me encuentro ahora mismo.

–Siento mucho que no sea posible.

–¿Lo sientes? ¿En serio?

–En serio.

–¿Te veré antes de que te vayas?

–Sí, nos veremos.

–¿Seguro?

–Seguro. ¿Almorzamos juntos pasado mañana?

–Me encantará.

Le dio la dirección de su hotel en Praga.

Cuando colgó, su mirada cayó sobre el diario hecho pedazos, reducido a un montoncito de papel encima de la mesa. Lo recogió todo y, alegremente, lo tiró a la papelera.

26

Tres años antes de 1989, Gustaf había abierto en Praga una oficina de su empresa, pero sólo pasaba cortas temporadas al año. Aquello le había bastado para amar la ciudad y ver en ella un lugar ideal para vivir; no sólo por amor a Irena, sino también (y puede que especialmente) porque allí se sentía, aun más que en París, apartado de Suecia, de su familia, de su vida pasada. Cuando el comunismo desapareció inesperadamente de Europa, no vaciló en imponer Praga a su empresa como punto estratégico para la conquista de nuevos mercados. Les hizo adquirir un hermoso edificio barroco para las oficinas y, en la buhardilla, acomodó él su apartamento. La madre de Irena, que vivía sola en una casa en los alrededores de la ciudad, puso al mismo tiempo toda la primera planta a disposición de Gustaf, de tal manera que podía cambiar de vivienda según le apeteciera.

Adormilada y descuidada durante el periodo comunista, Praga se despertó ante sus ojos, se pobló de turistas, se engalanó de casas barrocas restauradas y repintadas. «*Prag is my town!*», exclamaba. Se había enamorado de esa ciudad: no como un patriota que busca en cada rincón del país sus raíces, sus recuerdos, las huellas de sus seres queridos, sino como un viajero que se deja sorprender y se maravilla, al igual que un niño que pasea deslumbrado por un parque de atracciones y ya no quiere irse. Aprendió la historia de Praga y soltaba, ante quien quisiera escucharle, largos discursos sobre sus calles, sus palacios, sus iglesias, y disertaba sin fin sobre sus protagonistas: el emperador Rodolfo (protector de pintores y alquimistas), Mozart (que al parecer tenía allí una amante) y Franz Kafka (quien, tras haberse sentido desgraciado toda la vida en aquella ciudad, se convirtió, gracias a las agencias de viaje, en su santo patrón).

A una velocidad inesperada Praga olvidó el ruso que, durante cuarenta años, todos los habitantes habían tenido que aprender desde la escuela primaria e, impaciente de que la aplaudieran en el escenario del mundo, se exhibió a los transeúntes adornada de inscripciones en inglés: *skateboarding, snowboarding, streetwear, publishing house, National Gallery, cars for hire, pomonamarkets* y otras por el estilo. En las oficinas de su empresa, los socios comerciales, los clientes ricos, todos se dirigían a él en inglés, de tal manera que el checo pasó a ser un murmullo impersonal, un decorado sonoro del que tan sólo destacaban en forma de palabras humanas, los fonemas anglosajones. Así, un día, cuando Irena aterrizó en Praga, él la acogió ya no con el acostumbrado «*Salut!*» de los franceses, sino con un «*Hello!*».

De golpe todo dio un vuelco. Porque imaginémonos la vida de Irena tras la muerte de Martin: no tenía a nadie con quien hablar checo, puesto que sus hijas se negaban a perder el tiempo con un idioma tan evidentemente inútil; el francés había pasado a ser su lengua diaria, su única lengua; nada más natural para ella, pues, que imponérselo a su sueco. Esta elección lingüística había repartido los roles: como Gustaf hablaba mal el francés, era ella quien tenía la palabra en la pareja; se dejaba transportar por su propia elocuencia: ¡Dios mío, después de tanto tiempo por fin podía hablar, hablar y ser escuchada! Su superioridad verbal había equilibrado su relación de fuerzas: ella dependía enteramente de él, pero, en sus conversaciones, ella dominaba y le arrastraba a su propio mundo. Ahora Praga lo replanteaba todo en el lenguaje de la pareja; él hablaba inglés, Irena intentaba persistir en su francés al que se sentía cada vez más apegada, pero al no recibir apoyo exterior alguno (el francés ya no ejercía su encanto en esa ciudad antaño francófila) acabó por ceder; su relación cambió: en París Gustaf había escuchado atentamente a Irena embebida en su propia palabra; en Praga el hablador era él, un gran parlanchín que hablaba por los codos. Al conocer mal el inglés, Irena sólo entendía a medias lo que él decía y, como no tenía ganas de esforzarse, apenas le escuchaba y le hablaba cada vez menos. Su Gran Regreso se reveló bastante curioso: en las calles, rodeada de checos, la acogía el soplo de cierta familiaridad de antaño, que por un instante la hacía feliz; luego, en casa, pasaba a ser una extranjera que no abría la boca.

Una conversación continua mece a las parejas, su melodioso fluir corre un tupido velo sobre los declinantes deseos del cuerpo. Cuando se interrumpe la conversación, surge cual espectro la ausencia del amor físico. Ante el mutismo de Irena, Gustaf perdió su seguridad. A partir de entonces prefirió verla en presencia de su familia, de su madre, de su hermanastro, de la mujer de éste; cenaba con todos ellos en casa o en restaurantes, buscando en su compañía un abrigo, un refugio, la paz. Nunca les faltaban temas porque sólo podían abordar muy pocos: su vocabulario era limitado y, para que se les entendiera, todos debían hablar lentamente y repitiéndose. Gustaf volvía así a encontrar poco a poco su serenidad; ese parloteo al ralentí le convenía, era relajante, agradable e incluso alegre (¡cuántas veces no se rieron de palabras inglesas cómicamente deformadas!).

Hacía tiempo que los ojos de Irena se habían vaciado de deseo, pero, por la fuerza de la costumbre, seguían siempre muy abiertos cuando miraba a Gustaf, a quien eso le ponía en un aprieto. Para confundir pistas y encubrir su repliegue erótico, se complacía contando anécdotas amablemente picantes, con alusiones ligeramente equívocas, dichas en voz muy alta y entre risas. La madre era su mejor aliada, siempre dispuesta a apoyarle con gracias algo obscenas que, en su inglés pueril, pronunciaba de un modo paródico, haciéndose la escandalizada. Escuchándoles, Irena tenía la impresión de que el erotismo había pasado a ser para siempre una payasada infantil.

27

Desde que se ha encontrado con Josef en París, ya no piensa más que en él. Rememora continuamente su breve aventura de otros tiempos con él en Praga. En el bar adonde iba con los amigos, él se había mostrado ocurrente, seductor y había estado pendiente todo el rato de ella. Cuando salieron a la calle, él se las arregló para que se quedaran a solas. Le deslizó en la mano un pequeño cenicero que había robado para ella en el bar. Luego aquel hombre, al que había conocido apenas unas horas antes, la invitó a su casa. Como ya era novia de Martin, no se atrevió y renunció. Pero se arrepintió tanto, y tan brusca y profundamente, que nunca pudo olvidarlo.

De modo que, antes de emigrar, cuando tuvo que elegir entre lo que se llevaría y lo que dejaría, metió en la maleta el pequeño cenicero del bar; en el extranjero lo llevaba muchas veces en el bolso, en secreto, como un talismán.

Recuerda que, en la sala de espera del aeropuerto, él le ha dicho en un tono grave y raro: «Soy un hombre absolutamente libre». Tuvo entonces la impresión de que su historia de amor, iniciada hacía veinte años, había quedado tan sólo aplazada hasta el momento en que estuvieran libres los dos.

Recuerda de él otra frase: «Estoy de paso en París por pura casualidad»; casualidad es otra manera de decir: destino; estaba escrito que él estuviera de paso en París para que su historia continuara a partir del instante en que había quedado truncada.

Con el teléfono portátil en la mano, intenta llamarlo desde dondequiera que se encuentre, desde los cafés, el apartamento de una amiga, la calle. El número del hotel es correcto, pero él nunca está en la habitación. Piensa en él todo el día y, como los contrarios suelen atraerse, también en Gustaf. Al pasar ante una tienda de *souvenirs* ve en el escaparate una camiseta con la cabeza taciturna de un tuberculoso que lleva una inscripción: KAFKA IS BORN IN PRAG.

Le encanta aquella camiseta tan soberbiamente tonta y la compra.

Al anochecer vuelve a casa con la intención de llamar tranquilamente, ya que los viernes Gustaf acostumbra a volver tarde; contra toda previsión, él está con su madre en la planta de abajo, y la habitación resuena con su cacareo checo-inglés al que se añade la voz del televisor, que nadie mira. Le entrega a Gustaf el paquete: «¡Es para ti!».

Les deja admirando el regalo y sube a encerrarse en el baño. Sentada en el borde de la taza, saca el teléfono del bolso. Oye su «¡por fin!» y, llena de alegría, le dice: «Me gustaría que estuvieras aquí, conmigo, en el lugar donde me encuentro ahora mismo»; sólo después de pronunciar esas palabras cae en la cuenta del lugar donde está sentada y se ruboriza; la involuntaria indecencia de lo que acaba de decir la sorprende, pero también la excita. En aquel momento, por primera vez en tantos años, tiene la impresión de engañar a su sueco y por ello siente un vicioso placer.

Cuando baja a la sala, Gustaf lleva puesta la camiseta y ríe alborotadamente. Ella conoce de memoria ese espectáculo: parodia de seducción, exageración de gestos y gracias: síntoma senil del erotismo periclitado. La madre, con Gustaf tomado de la mano, anuncia a Irena: «Me he permitido sin consultarte vestir a tu querido Gustaf. ¿Verdad que está estupendo?». Se vuelve con él hacia un gran espejo colgado de una pared de la sala. Mirando su reflejo, levanta el brazo de Gustaf como si hubiera ganado una competición en los Juegos Olímpicos, y él, siguiéndole el juego, saca pecho delante del espejo y pronuncia con voz sonora: «*Kafka is born in Prag!*».

28

Ella se había separado de su primer amor sin padecer demasiado. Con el segundo le fue peor. Cuando le oyó decir: «Si te vas, se ha acabado todo entre nosotros. Te lo juro, ¡es el fin!», no pudo pronunciar palabra. Le quería, y él le arrojaba a la cara lo que pocos minutos antes le habría parecido inconcebible, impronunciable: su ruptura.

«Se ha acabado todo entre nosotros.» El fin. Si él le promete el fin, ¿qué debe prometerle ella? Si esa frase implica una amenaza, la suya implicará otra: «Bueno», dice lenta y pausadamente, «será el fin. Yo también te lo prometo, y también te prometo que te acordarás de esto». Luego, dándole la espalda, lo dejó plantado en la calle.

Se sentía herida, pero ¿estaba enfadada con él? Puede que ni eso. Naturalmente él tendría que haberse mostrado más comprensivo, porque estaba claro que era un viaje obligatorio, que ella no podía evitar. Habría tenido que simular alguna enfermedad, pero, con su torpe honestidad, no le habría salido la jugada. No cabía duda de que él exageraba, pero ella sabía que era porque la quería. Conocía el motivo de sus celos: se la imaginaba en la montaña con otros chicos y eso le dolía.

Incapaz de enfadarse del todo, le esperó delante del instituto para explicarle con su mejor voluntad que ella no podía obedecerle y que él no tenía ningún motivo para sentirse celoso; estaba segura de que él acabaría comprendiéndolo. En la puerta de salida, él la vio y se detuvo para que lo alcanzara algún conocido y lo acompañara. Sin haber podido hablar con él esta vez, ella le siguió por la calle y, cuando él se despidió del compañero, ella se precipitó hacia él.

¡La pobre! Tendría que haber sospechado que todo estaba realmente perdido, que su amigo era presa de un frenesí del que no podía desprenderse. En cuanto ella empezó a hablar, él la interrumpió: «¿Has cambiado de opinión? ¿Renunciarás a ir?». Cuando ella volvió a explicarle lo mismo por enésima vez, fue él quien le dio esta vez la espalda y la dejó sola en la calle.

Ella se sumió en una profunda tristeza, pero aún no sentía rabia alguna contra él. Sabía que el amor significa darlo todo. Todo: palabra fundamental. Todo, no sólo, por lo tanto, el amor físico, que ella ya le había prometido, sino también el valor, el valor tanto para las grandes cosas como para las pequeñas, incluso aquel ínfimo valor para desobedecer a una ridícula obligación colegial. Y comprobó, llena de vergüenza, que, pese a todo su amor era incapaz de encontrar ese valor. ¡Qué grotesco!, grotesco hasta el punto de echarse a llorar: estaba dispuesta a darle todo, su virginidad por supuesto, pero también su salud o cualquier sacrificio imaginable si él quisiera, y sin embargo era incapaz de desobedecer a un miserable director de instituto. ¿Debía dejarse vencer ella por semejante pequeñez? La insatisfacción que sentía hacia sí misma fue insoportable y quiso sacársela de encima a cualquier precio; quiso alcanzar una grandeza tal que borrara su pequeñez; una grandeza ante la cual él acabara por inclinarse; quiso morir.

29

Morir; decidirse a morir; es más fácil para un adolescente que para un adulto. ¿Qué? ¿Acaso la muerte no priva al adolescente de una mayor porción de porvenir? Sí, es cierto, pero para un joven el porvenir es algo lejano, abstracto, irreal, en lo que no acaba de creer.

Ella contemplaba asombrada su amor acabado, el más hermoso periodo de su vida, que se alejaba, lentamente, para siempre; ya nada existiría para ella sino ese pasado; ante él quería hacerse notar, y a él quería hablar y enviar señales. El porvenir no le interesaba; deseaba la eternidad; la eternidad es el tiempo detenido, inmovilizado; el porvenir hace imposible la eternidad; deseaba aniquilar el porvenir.

Pero ¿cómo morir en medio de un montón

de estudiantes, en un hotelito de montaña, en todo momento a la vista de todos? Ya lo tiene: salir del hotel, ir muy lejos, muy lejos naturaleza adentro y en algún lugar apartado tumbarse en la nieve y dormir. La muerte vendrá mientras duerma, muerte por congelación, muerte dulce, sin dolor. Tan sólo habrá que pasar por un momento de enfriamiento. Incluso podrá reducirlo con la ayuda de unos cuantos somníferos. De un frasco que encontró en su casa se llevó cinco, no más, para que su madre no cayera en la cuenta.

Planeó esa muerte con todo su sentido práctico. Salir por la tarde y morir de noche, ésa fue la primera idea, pero la rechazó: en el comedor se darían cuenta enseguida de su ausencia a la hora de la cena y aún más en el dormitorio por la noche; no le daría tiempo a morir. Con astucia, eligió el momento de la sobremesa, cuando todo el mundo echa la siesta antes de volver a esquiar: un descanso durante el cual nadie se percataría de su ausencia.

¿No veía una llamativa desproporción entre la insignificancia de la causa y la enormidad del acto? ¿Acaso no sabía que lo que proyectaba hacer era excesivo? Sí, pero precisamente lo que la atraía era el exceso. No quería ser razonable.

110

No quería ser comedida. No quería medir, no quería razonar. Admiraba su propia pasión, aun sabiendo que la pasión, por definición, es un exceso. Como ebria, no quería salir de esa ebriedad. Llega el día elegido. Sale del hotel. Al lado de la puerta de entrada hay un termómetro: diez grados bajo cero. Se pone en camino y comprueba que la angustia se impone a la ebriedad; en vano busca aquel hechizo; en vano apela a las ideas que han acompañado su sueño de muerte; no obstante, sigue adelante (sus compañeros están en aquel momento echando la siesta obligatoria) como si cumpliera una tarea que le hubiera sido encomendada, como si desempeñara un papel que le hubiera sido adjudicado. Su alma está vacía, carente de sentimiento alguno, al igual que el alma de un actor que recita un texto sin pensar ya en lo que dice.

Sube por un largo sendero que resplandece de nieve y llega a una cima. Arriba, el cielo está azul; las nubes, soleadas, doradas, festivas, están más abajo y se han posado como una gran corona sobre el amplio círculo de montañas de alrededor. Es hermoso, fascinante, y la embarga un sentimiento, breve, muy breve, de felicidad, que la lleva a olvidar el objeto de su excursión.

Un sentimiento breve, muy breve, demasiado breve. Uno tras otro, se traga los somníferos y, siguiendo su plan, baja de la cima hacia un bosque. Se encamina por un sendero, al cabo de diez minutos siente que se acerca el sueño y sabe que ha llegado el fin. Encima de su cabeza luce el sol, luminoso, luminoso. Como una actriz antes de que se levante repentinamente el telón, siente pánico. Se ve atrapada en un escenario iluminado del que se han cerrado todas las salidas.

Se sienta bajo un abeto, abre el bolso y saca un espejo. Es un pequeño espejo redondo, lo sostiene ante su rostro y se mira en él. Es hermosa, es muy hermosa, y no quiere abandonar esa belleza, no quiere perderla, quiere llevársela consigo, ay, está ya tan cansada, tan cansada, pero, aun cansada, se extasía ante su belleza, porque, en este mundo, es su más preciado bien.

Se mira en el espejo, luego ve cómo le tiemblan los labios. Es un movimiento descontrolado, un tic. Ha observado ya muchas veces esa reacción suya, la ha sentido sobre su rostro, pero es la primera vez que la ve. Al verla siente una doble emoción: emoción ante su belleza y emoción ante sus labios temblorosos; emoción ante su belleza y emoción ante la emoción que trastoca esa belleza y la deforma; emoción ante su belleza a la que llora su cuerpo. Siente una inmensa compasión por su belleza que pronto dejará de serlo, compasión por el mundo que tampoco ya será, que, ahora ya, no existe, que, ahora ya, es inaccesible, porque el sueño está ahí, se la lleva, levanta el vuelo llevándosela en brazos, arriba, muy arriba, hacia esa inmensa y cegadora claridad, hacia el cielo azul, luminosamente azul, hacia un firmamento sin nubes, un firmamento abrasado.

30

Cuando su hermano le dijo: «Te has casado allá, que yo sepa», él había contestado: «Sí», sin más. Tal vez hubiera bastado que su hermano empleara otra fórmula y, en lugar de «te has casado», preguntara: «¿Estás casado?» para que Josef contestara: «No, soy viudo». No tenía intención de engañar a su hermano, pero la manera en que formuló su frase le permitió, sin mentir, pasar por alto la muerte de su mujer.

Durante la conversación que siguió, su hermano y su cuñada esquivaron toda alusión a ella. Evitaban, por supuesto, sentirse incómodos: por razones de seguridad (para evitar ser citados por la policía) se habían negado a tener cualquier contacto con el pariente emigrado, ni siquiera se dieron cuenta de cómo esa prudencia impuesta se transformó pronto en un sincero desinterés: no sabían nada de su mujer, ni su edad, ni su nombre, ni su profesión, y con aquel silencio querían disimular esa ignorancia que revelaba toda la miseria de la relación con él.

Pero a Josef no le ofendió; su ignorancia le convenía. A partir del momento en que la hubo enterrado empezó a sentirse violento cuando se veía obligado a informar a alguien de su muerte; como si eso la traicionara en su más íntima intimidad. Silenciando su muerte, tuvo siempre la sensación de protegerla.

Porque una mujer muerta siempre es una mujer indefensa; ya no tiene poder, ya no ejerce influencia alguna; ya no respetan sus deseos ni sus gustos; la mujer muerta no puede querer nada, aspirar a estima alguna, negar calumnia alguna. Nunca había sentido por ella compasión tan dolorosa, tan torturante, como una vez muerta.

31

Jonas Hallgrimsson fue un gran poeta romántico y también un gran combatiente en favor de la independencia de Islandia. Toda la Europa de las pequeñas naciones tuvo en el siglo XIX a sus poetas románticos y patriotas: Petöfi en Hungría, Mickiewicz en Polonia, Preseren en Eslovenia, Macha en Bohemia, Chevtchenko en Ucrania, Wergeland en Noruega, Lönnrot en Finlandia y tantos otros. Islandia era entonces una colonia de Dinamarca, y Hallgrimsson vivió sus últimos años en la capital. Todos los grandes poetas románticos, además de grandes patriotas, eran grandes bebedores. Un día, completamente borracho, Hallgrimsson cayó escaleras abajo, se rompió una pierna, tuvo una infección, murió y fue enterrado en el cementerio de Copenhague. Corría el año 1845. Noventa y nueve años después, en 1944, se proclamó la República de Islandia. A partir de entonces se aceleró el curso de los acontecimientos. En 1946 el alma del poeta visitó en sueños a un rico industrial islandés y se sinceró con él: «Desde hace ciento y un años mis huesos yacen en el extran jero, en suelo enemigo. ¿No habrá llegado la hora de que regresen a su Ítaca libre?».

Halagado y exaltado por esta visión nocturna, el industrial patriota mandó extraer del suelo enemigo los huesos del poeta y se los llevó a Islandia, pensando inhumarlos en el hermoso valle en el que el poeta había nacido. Pero nadie pudo detener el enloquecido curso de los acontecimientos: en el paisaje indeciblemente bello de Thingvellir (lugar sagrado donde, hace mil años, se reunía bajo el cielo el primer parlamento islandés), los ministros de la reciente república habían creado un cementerio para los grandes personajes de la patria; le quitaron el poeta al industrial y lo enterraron en el Panteón, que no contenía entonces más que la tumba de otro gran poeta (las pequeñas naciones rebosan de grandes poetas), Einar Benediktsson.

Pero el curso de los acontecimientos se precipitó una vez más, y muy pronto todo el mundo se enteró de lo que no se había atrevido a confesar el industrial patriota: ante la tumba abierta en Copenhague, se había encontrado en un aprieto: el poeta había sido enterrado entre gente pobre, su tumba no llevaba nombre alguno, sólo un número, y el industrial patriota, ante aquellas calaveras amontonadas y entremezcladas, no había sabido cuál elegir. En presencia de los severos e impacientes burócratas del cementerio, no se atrevió a expresar sus dudas. De modo que lo que se había llevado a Islandia no era el poeta islandés, sino un carnicero danés.

En Islandia se quiso ante todo mantener en secreto este error lúgubremente cómico, pero nadie pudo detener el curso de los acontecimientos y, en 1948, el indiscreto Halldor Laxness divulgó la patraña en una novela. ¿Qué hacer? Callar. De modo que los huesos de Hallgrimsson yacen aún a dos mil kilómetros de su Ítaca, en suelo enemigo, mientras el cuerpo del carnicero danés, que sin ser poeta era también un patriota, se encuentra desterrado en una isla glacial que no había despertado en él sino miedo y repugnancia.

Aun mantenida bajo secreto, la verdad provocó que no se enterrara a nadie más en el hermoso cementerio de Thingvellir, que sólo contiene dos ataúdes, y así, de entre todos los panteones del mundo, grotescos museos del orgullo, éste es el único capaz de conmovernos.

Hace mucho tiempo su mujer le había contado a Josef esta historia; les parecía graciosa y pensaban que de ella se desprendía una lección moral: a nadie le importa un comino dónde van a parar los huesos de un muerto.

Sin embargo, Josef cambió de opinión cuando la muerte de su mujer se hizo inminente e inevitable. De golpe, la historia del carnicero danés transportado a la fuerza a Islandia ya no le pareció graciosa, sino más bien espantosa.

32

Desde hacía tiempo se había familiarizado con la idea de morir con ella. No se debía a un énfasis romántico, sino a una reflexión racional: en el caso de que su mujer tuviera una enfermedad mortal, había decidido acortarle el sufrimiento; y, para no ser acusado de homicidio, se había propuesto morir él también. Pero lo cierto es que ella cayó gravemente enferma, sufrió lo indecible, y Josef ya no pensó en el suicidio. No por temor a perder la vida, sino porque se le hizo intolerable la idea de dejar aquel cuerpo tan amado a merced de extraños. Una vez muerto él, ¿quién protegería a la muerta? ¿Cómo podría un cadáver defender a otro?

En otros tiempos, en Bohemia, había asistido a la agonía de su madre; la quería mucho, pero a partir del momento en que la vida la abandonó su cuerpo dejó de interesarle; para él, su cadáver ya no era ella. Por otra parte, dos médicos, su padre y su hermano, cuidaban de la moribunda, y él, en el orden de importancia, no era más que el tercero en la familia. Esta vez fue muy distinto: la mujer a quien veía agonizar le pertenecía sólo a él; se sentía celoso de su cuerpo y quería velar por su destino póstumo. Incluso debía llamarse a sí mismo severamente la atención: ella seguía viva, postrada ante él, le hablaba, ¡y él ya la daba por muerta!; ella le miraba, los ojos más abiertos que nunca, ¡y él entretanto se preocupaba de su ataúd y su sepultura! Se lo echaba en cara como una escandalosa traición, una impaciencia, un secreto deseo de precipitar su muerte. Pero no podía hacer nada: sabía que, tras su muerte, su familia iría a reivindicar su cuerpo para la sepultura familiar, y la idea le horrorizaba.

Haciendo caso omiso de las gestiones funerarias, hacía tiempo habían redactado, con demasiada negligencia, un testamento; las directrices que se referían a sus bienes eran demasiado simples y no mencionaban siquiera las que se refe-

119

rían a su entierro. Esta omisión fue obsesionándole mientras ella se moría, pero, como quería convencerla de que vencería a la muerte, tuvo que callarse. ¿Cómo confesar a aquella pobre mujer que creía en su curación, cómo confesarle lo que pensaba? ¿Cómo hablarle del testamento? Menos aun cuando ya se perdía en delirios y sus ideas se confundían.

La familia de su mujer, una gran familia influyente, nunca había visto a Josef con buenos ojos. Por eso a él le parecía que la lucha que estallaría por el cuerpo de su mujer sería la más dura y la más importante que jamás hubiera librado. La idea de que ese cuerpo quedara encerrado en obscena promiscuidad con otros cuerpos, ajenos, indiferentes, le resultaba tan insoportable como la idea de que él mismo, una vez muerto, fuera a parar quién sabe dónde y, en todo caso, lejos de ella. Permitirlo le parecía una derrota tan inmensa como la eternidad, una derrota por siempre imperdonable.

Ocurrió lo que temía. No pudo evitar el enfrentamiento. Su suegra le gritaba a la cara: «¡Es mi hija! ¡Es mi hija!». Tuvo que contratar los servicios de un abogado, dejarse un montón de dinero para calmar a la familia, comprar rápidamente un lugar en el cementerio, actuar más deprisa que los demás para ganar el último combate.

La actividad febril que desplegó durante una semana sin pegar ojo le impidió sufrir, y ocurrió algo aún más extraño: una vez en la tumba que sería de ellos (una tumba para dos, como una calesa para dos), vislumbró en la oscuridad de su tristeza un rayo, un rayo muy débil, tembloroso, apenas visible, de felicidad. Felicidad por no haber decepcionado a su amada; por haberles asegurado, a ella y a él, su porvenir.

33

¡Un instante antes se había diluido en el azul radiante! ¡Era inmaterial, se había transmutado en claridad!

Pero, de repente, el cielo se volvió negro. Y ella, otra vez en tierra, volvió a ser materia pesada y sombría. Sin comprender apenas lo que había pasado, no podía despegar la mirada de allá arriba: el cielo era negro, negro, implacablemente negro.

Una parte de su cuerpo temblaba de frío, la otra estaba insensible. Eso la asustó. Se levantó. Tras unos segundos recordó: un hotel de montaña; los condiscípulos. Confundida, con el cuerpo aterido, buscó el camino. En el hotel llamaron una ambulancia, que se la llevó.

Durante los días que siguieron, en la cama del hospital, sus dedos, sus orejas, su nariz, al principio insensibles, le hicieron un daño atroz. Los médicos la calmaron, pero una enfermera disfrutó contándole todas las imaginables consecuencias de la congelación: hay quien puede terminar con los dedos amputados. Presa de espanto, imaginó un hacha; un hacha de cirujano; un hacha de carnicero; imaginó su mano sin dedos y los dedos cortados, a la vista, junto a ella en una camilla en la sala de operaciones. Aquella noche para cenar le dieron carne. No pudo comérsela. Imaginó en el plato trozos de su propia carne.

Sus dedos volvieron dolorosamente a la vida, pero su oreja izquierda se puso negra. El cirujano, un viejo triste y compasivo, se sentó en el borde de la cama para anunciarle que se la amputaría. Ella gritó. ¡Su oreja izquierda! ¡Su oreja! ¡Dios mío! Su rostro, su hermoso rostro, ¡con una oreja menos! Nadie pudo calmarla.

¡Ay, todo había salido al revés de lo que había planeado! Había pensado convertirse en una eternidad que aniquilara todo porvenir y, en cambio, el porvenir estaba de nuevo allí, invencible, hediondo, repugnante, como una serpiente que se retuerce ante sus ojos, se le enrosca en las piernas y avanza arrastrándose para señalarle el camino.

En el instituto, corrió la noticia de que se había perdido y había vuelto medio congelada. La riñeron por indisciplinada y porque, a pesar del programa obligatorio, vagaba por ahí como una tonta sin tener el más elemental sentido de la orientación para regresar al hotel, perfectamente visible de lejos.

Al volver a casa, se negó a salir a la calle. Le horrorizaba la idea de encontrarse con gente conocida. Sus padres, desesperados, se las arreglaron para cambiarla discretamente de instituto en una ciudad cercana.

¡Ay, todo había salido al revés de como le hubiera gustado! Había soñado con morir misteriosamente. Lo había preparado todo para que nadie pudiera saber si su muerte había sido un accidente o un suicidio. Había querido enviarle a él su muerte como una señal secreta, una señal de amor desde el más allá, que sólo fuera comprensible para él. Lo había previsto todo muy bien, salvo, tal vez, la cantidad de somníferos; salvo, tal vez, la temperatura, que, mientras iba adormeciéndose, había subido. Había creído que el hielo iba a sumirla en el sueño y en la muerte, pero el sueño era demasiado leve; había abierto los ojos y visto el cielo negro.

Los dos cielos habían dividido su vida en dos partes: el cielo azul, el cielo negro. Bajo este último caminaría hacia su muerte, hacia su verdadera muerte, la muerte lejana y trivial de la vejez.

¿Y él? Él vivía bajo un cielo que había dejado de existir para ella. Ya no la buscaba, ella tampoco le buscaba. Su recuerdo no suscitaba en ella ni amor ni odio. Cuando pensaba en él, estaba como anestesiada, sin ideas, sin emociones.

34

El ser humano vive un promedio de ochenta años. Contando con esta duración, cada cual imagina y organiza su vida. Lo que acabo de decir lo sabe todo el mundo, pero pocas veces nos damos cuenta de que el número de años que nos han sido asignados no es un simple dato cuantitativo, una característica exterior (como el largo de la nariz o el color de los ojos), sino que forma parte de la definición misma del hombre. Aquel que pudiera vivir, en la plenitud de sus fuerzas, el doble de tiempo, digamos ciento sesenta años, no pertenecería a la misma especie que nosotros. Nada ya sería igual en su vida, ni el amor, ni las ambiciones, ni los sentimientos, ni la nostalgia, nada. Si un emigrado, después de vivir veinte años en el extranjero, volviera a su país natal con cien años más ante él, ya no sentiría la emoción del Gran Regreso, probablemente para él ya no sería en absoluto un regreso, tan sólo una más de las muchas vueltas que da la vida en el largo transcurrir de la existencia.

Porque la noción misma de patria, en el sentido noble y sentimental de la palabra, va vinculada a la relativa brevedad de nuestra vida, que nos brinda demasiado poco tiempo para que sintamos apego por otro país, por otros países, por otras lenguas.

Las relaciones eróticas pueden llenar toda la

vida adulta. Pero si la vida fuera mucho más larga, ¿no aplacaría el cansancio la capacidad de excitarse mucho antes de que declinara la fuerza física? Porque hay una enorme diferencia entre el primero, el décimo, el centésimo, el milésimo o el enésimo coito. ¿Dónde se situaría la frontera tras la cual la repetición se volvería estereotipada, si no cómica, incluso imposible? Y, una vez traspasado este límite, ¿qué ocurriría con la relación amorosa entre un hombre y una mujer? ¿Desaparecería? ¿O, por el contrario, los amantes considerarían la fase sexual de su vida como la prehistoria bárbara de un amor verdadero? Contestar a estas preguntas es tan fácil como imaginar la psicología de los habitantes de un planeta desconocido.

La noción de amor (de un gran amor, de un amor único) nació probablemente también con los estrechos límites del tiempo que nos ha sido dado. Si este tiempo no tuviera límites, ¿sentiría Josef tanto apego por su mujer difunta? Nosotros, a quienes nos tocará morir muy pronto, no lo sabemos.

35

Tampoco la memoria es comprensible sin un acercamiento matemático. El dato fundamental radica en la relación numérica entre el tiempo de la vida vivida y el tiempo de la vida almacenada en la memoria. Nunca hemos intentado calcular esta relación y, por otra parte, no disponemos de ningún medio técnico para hacerlo; no obstante, sin grandes riesgos de equivocarme, puedo suponer que la memoria no conserva sino una millonésima, una milmillonésima, o sea una parcela muy ínfima, de la vida vivida. Esto también forma parte de la esencia misma del hombre. Si alguien pudiera conservar en su memoria todo lo que ha vivido, si pudiera evocar cuando quisiera cualquier fragmento de su pasado, no tendría nada que ver con un ser humano: ni sus amores, ni sus amistades, ni sus odios, ni su facultad de perdonar o de vengarse se parecerían a los nuestros.

Nunca nos cansaremos de criticar a quienes deforman el pasado, lo reescriben, lo falsifican, exageran la importancia de un acontecimiento o callan otro; estas críticas están justificadas (no pueden no estarlo), pero carecen de importancia si no van precedidas de una crítica más elemental: la crítica de la memoria humana como tal. Porque, la pobre, ¿qué puede hacer ella realmente? Del pasado sólo es capaz de retener una miserable pequeña parcela, sin que nadie sepa por qué exactamente ésa y no otra, pues esa elección se formula misteriosamente en cada uno de nosotros ajena a nuestra voluntad y nuestros intereses. No comprenderemos nada de la vida humana si persistimos en escamotear la primera de todas las evidencias: una realidad, tal cual era, ya no es; su restitución es imposible.

Incluso los más abundantes archivos se muestran impotentes. Consideremos el antiguo diario de Josef como una pieza de archivo que conserva las notas del auténtico testigo de un pasado; las notas hablan de hechos que el autor no tiene motivos para negar, pero que tampoco puede confirmar su memoria. De todo lo que cuenta el diario, un único detalle ha iluminado un recuerdo nítido y sin duda preciso: se vio en el sendero de un bosque contándole a una estudiante de bachillerato la mentira de su traslado a Praga; esta pequeña escena, en rigor esta sombra de escena (ya que no recuerda más que el sentido general de su comentario y el hecho de haber mentido), es la única parcela de vida que, adormilada, permaneció en su memoria. Pero quedó aislada de lo que la precedió y de lo que la siguió: ¿debido a qué comentario, a qué acto, la estudiante de bachillerato le incitó a inventarse ese embuste? Y ¿qué ocurrió después? ¿Cuánto tiempo persistió él en su engaño? Y ¿cómo se salió de él?

Si quisiera contar este recuerdo como una pequeña anécdota con pies y cabeza, se vería obligado a insertar otros acontecimientos en esta secuencia causal, otros actos y otras palabras; pero, como los ha olvidado, no le quedaría más remedio que inventarlos; lo cual, por otra parte, hizo espontáneamente para sí mismo cuando aún estaba inclinado sobre las páginas del diario:

al mocoso le sacaba de quicio no encontrar señal alguna de éxtasis en el amor de su chica; cuando le tocaba el culo, ella le quitaba la mano; para castigarla, le había dicho que se trasladaba a Praga; llena de tristeza, ella se había dejado meter mano y había declarado que comprendía a los poetas que siguen siendo fieles hasta la muerte; de modo que todo le salió a pedir de boca, sólo que, después de una o dos semanas, la chica había deducido que, en vista de que su amigo quería trasladarse, más le valía reemplazarlo a tiempo por otro; empezó a buscarlo, el mocoso lo adivinó y no pudo contener los celos; con el pretexto de una estancia en la montaña adonde ella debía ir sin él, le montó aquella escena de histerismo; él se puso en ridículo; ella lo dejó.

Aunque hubiera querido acercarse lo más posible a la verdad, Josef no podía pretender que su anécdota fuera idéntica a lo que realmente había vivido; sabía que se trataba tan sólo de un poco de verosimilitud para encubrir lo que había quedado en el olvido.

Me imagino la emoción de dos seres que vuelven a verse después de muchos años. En otros tiempos, se han frecuentado y creen, por lo tanto, que están vinculados por la misma experiencia, por los mismos recuerdos. ¿Los mismos recuerdos? Ahí precisamente empieza el malentendido: no tienen los mismos recuerdos; los dos conservan del pasado dos o tres situaciones breves, pero cada uno las suyas; sus recuerdos no se parecen; no se encuentran; incluso cuantitativamente no pueden compararse: el uno se acuerda del otro más de lo que éste se acuerda de él; primero, porque la capacidad de memoria difiere de un individuo a otro (lo cual aún sería una respuesta aceptable para cada uno de ellos), pero también (y eso cuesta más admitirlo) porque la importancia de uno para el otro no es la misma. Cuando Irena vio a Josef en el aeropuerto, recordaba cada detalle de su aventura pasada; Josef no recuerda nada. Desde el primer instante, su encuentro quedó marcado por una injusta e indignante desigualdad.

36

Cuando dos seres viven en la misma vivienda, se ven todos los días y, además, se quieren, sus conversaciones cotidianas van reajustando las dos memorias: por consentimiento tácito e inconsciente, dejan en el olvido amplias zonas de sus vidas y hablan y vuelven a hablar de unos cuantos acontecimientos con los que van tejiendo el mismo relato que, como una brisa entre las ramas, murmura por encima de sus cabezas y les recuerda continuamente que han vivido juntos.

Cuando murió Martin, el torrente de preocupaciones arrastró a Irena lejos de él y de los que le conocían. Desapareció de las conversaciones, e incluso sus hijas, demasiado pequeñas cuando él vivía, ya no se interesan por él. Un día Irena encontró a Gustaf, quien, para poder prolongar sus conversaciones, le confesó haber conocido a su marido. Fue la última vez que Martin estuvo con ella, fuerte, importante, influyente, sirviéndole de comunicación con su próximo amante. Tras cumplir esta misión, desapareció para siempre.

En Praga, mucho antes de casarse, Martin había instalado a Irena en casa; como tenía su biblioteca y su despacho en el primer piso, había preparado la planta baja para su vida de casado y de padre; antes de irse a Francia había cedido la casa a su suegra, quien, veinte años después, puso a disposición de Gustaf la primera planta, que entretanto había sido reformada por completo. Cuando Milada fue a visitar allí a su amiga Irena, tuvo un recuerdo para su antiguo colega: «Aquí es donde trabajaba Martin», dijo pensativa. No obstante, ni siquiera la sombra de Martin asomó después de estas palabras. Desde hacía mucho tiempo había sido desalojado, él y todas sus sombras.

Después de la muerte de su mujer, Josef comprobó que, sin conversaciones cotidianas, el murmullo de su vida pasada iba debilitándose. Para intensificarlo, se esforzó en revivir la imagen de su mujer, pero le afligió la indigencia del resultado. Ella tenía una decena de sonrisas distintas. Obligó a su imaginación a redibujarlas. Fracasó en el intento. Tenía un don para las réplicas graciosas y rápidas que le encantaba. No fue capaz de evocar ni una. Un día se preguntó: si reuniera uno a uno los pocos recuerdos que le quedaban de su vida en común, ¿cuánto tiempo sumaría? ¿Un minuto? ¿Dos minutos?

Éste es otro enigma de la memoria, aún más fundamental que todos los demás: ¿puede medirse el volumen temporal de los recuerdos? ¿Acaso se desarrollan en una duración? Quiere reconstruir su primer encuentro: ve una escalera que, desde la acera, baja hacia el semisótano de una cafetería; ve a parejas aisladas en una penumbra amarillenta; y la ve a ella, su futura esposa, sentada frente a él, con una copa de aguardiente en la mano, mirándole fijamente, con una tímida sonrisa. Durante largos minutos él la observa, con su copa en la mano y su sonrisa, escudriña su rostro, esa mano, y durante todo ese tiempo ella permanecerá inmóvil, no se llevará la copa a la boca, ni modificará un ápice su sonrisa. Y ahí está el horror: el pasado del que uno se acuerda no tiene tiempo. Imposible revivir un amor como volvemos a leerlo en un libro o volvemos a verlo en una película. Una vez muerta, la mujer de Josef no tiene dimensión alguna, ni material ni temporal.

De modo que los esfuerzos para resucitarla pasaron pronto a ser una tortura en su mente. En lugar de alegrarse por haber redescubierto este o aquel instante olvidado, se sentía desesperado por la inmensidad del vacío que rodeaba ese instante. Un día se negó a proseguir este doloroso recorrido por los pasillos del pasado y puso fin a los vanos intentos de revivirla tal como era. Se dijo incluso que, con aquella fijación en su existencia pasada, traicioneramente la relegaba a ella a un museo de objetos perdidos y la excluía de su vida.

Por otra parte, jamás habían rendido culto a los recuerdos. Naturalmente, no habían destruido sus cartas íntimas ni las agendas en las que habían ido anotando sus obligaciones y sus encuentros. Pero jamás se les había ocurrido la idea de releerlas. Decidió, pues, vivir con la muerta como había vivido con la viva. Ya no volvió a su tumba para recordarla, sino para estar con ella; para ver sus ojos mirándole, pero mirándole no desde el pasado, sino desde el instante presente.

Así empezó una nueva vida para él: la cohabitación con la muerta. Un nuevo reloj empezó a organizar su tiempo. Amante de la limpieza, ella se enfadaba por el desorden que él iba dejando por todas partes. A partir de entonces, él mismo lo ordenaba todo cuidadosamente. Porque ama su hogar ahora más que antes: la cancela de madera con su pequeña puerta; el jardín; el abeto delante de la casa de ladrillo rojo oscuro; los dos sillones, el uno frente al otro, donde se sentaban al volver del trabajo; el alféizar de la ventana donde ella siempre tenía, a un lado, un jarrón con flores y, al otro, una lámpara; en su ausencia dejaban esa lámpara encendida para verla de lejos, desde la calle, camino de casa. Él sigue respetando todas y cada una de esas costumbres y cuida de que cada silla, cada vaso, esté en el sitio donde le gustaba ponerlo a ella.

Vuelve a visitar los lugares que han amado: el restaurante en la orilla del mar, donde el dueño nunca olvida recordarle los pescados favoritos de su mujer; en la pequeña ciudad vecina, la plaza rectangular con sus casas pintadas de rojo, azul, amarillo, de una modesta belleza que les encantaba; o, durante una visita a Copenhague, el muelle donde todos los días, a las seis de la tarde, un gran barco blanco se hace a la mar. Para mirarlo eran capaces de permanecer allí, inmóviles, durante largos minutos. Antes de levar anclas, sonaba música, jazz antiguo, como una invitación al viaje. Desde su muerte, él vuelve allí con frecuencia, la imagina a su lado y siente el común deseo de embarcarse en aquel blanco navío nocturno, de bailar en sus salones, de dormir y despertarse en cualquier lugar, lejos, muy lejos en el norte.

A ella le gustaba que él vistiera con elegancia y se ocupaba ella misma de su vestuario. No ha olvidado qué camisa prefería, cuál no le gustaba. Para aquella estancia en Bohemia se ha llevado adrede un traje que a ella le era indiferente. No ha querido otorgarle demasiada importancia. No es un viaje para ella, ni con ella.

37

Pendiente de su cita del día siguiente, Irena quiere pasar tranquila ese sábado, como una deportista en vísperas de una competición. Gustaf trabaja en el centro de la ciudad, donde tendrá un aburrido almuerzo de negocios, e incluso esta noche no estará en casa. Ella aprovecha su soledad, duerme hasta tarde y luego decide no salir, intentando no toparse con su madre; sigue en la planta baja el trajín que no cesa hasta mediodía. Cuando Irena oye por fin un portazo, ya segura de que su madre ha salido, baja a la cocina a comer algo distraídamente y también se va.

Se detiene en la acera, repentinamente cautivada. Bajo el sol de otoño aquel barrio con jardines sembrados de pequeñas casas revela una discreta belleza que la sobrecoge y la incita a dar un largo paseo. Recuerda que tuvo ganas de un paseo semejante, largo y pensativo, en los últimos días antes de emigrar, con el fin de despedirse de aquella ciudad y de todas las calles que había amado; pero surgieron demasiados asuntos que organizar y no tuvo tiempo.

Vista desde donde pasea ahora, Praga es un

largo echarpe verde de barrios apacibles, con pequeñas calles jalonadas de árboles. Es esa Praga la que le gusta, no aquella, suntuosa, del centro; esa Praga surgida a finales del siglo pasado, la Praga de la pequeña burguesía checa, la Praga de su infancia, donde en invierno esquiaba por callejuelas que subían y bajaban, la Praga en la que los bosques circundantes penetraban secretamente a la hora del crepúsculo para esparcir su perfume.

Irena camina, pensativa; durante unos segundos entrevé París, que por primera vez le parece hostil: fría geometría de avenidas; los Campos Elíseos, tan llenos de orgullo; rostros severos de gigantescas mujeres de piedra que encarnan la Igualdad o la Fraternidad; pero en ninguna parte, en ninguna, un solo toque de esa amable intimidad, un soplo de ese aire idílico que se respira aquí. Además, a lo largo de toda su emigración esa imagen es la que ha conservado como emblema de su país perdido: pequeñas casas en medio de jardines que se extienden por montes y valles hasta donde alcanza la vista. Se sintió feliz en París, más que aquí, pero un secreto vínculo de belleza la mantenía ligada sólo a Praga. Comprende de pronto cuánto ama esta ciudad y cuán doloroso debió de ser dejarla.

Recuerda el ajetreo de los últimos días: en la confusión de los primeros meses de la ocupación rusa, abandonar el país era todavía fácil y uno podía despedirse de los amigos sin· temor. Pero se disponía de muy poco tiempo para verlos a todos. En un impulso súbito, dos días antes de irse visitaron a un viejo amigo, soltero, y pasaron en su compañía horas conmovedoras. Sólo más tarde, ya en Francia, se enteraron de que, si aquel hombre les había dedicado desde hacía tiempo tanta atención, era porque había sido designado por la policía para vigilar a Martin. El día antes de irse, ella había llamado, sin avisar, a la puerta de una amiga. La sorprendió en plena discusión con otra mujer. Sin abrir la boca, asistió a una larga conversación que no la concernía, esperando un gesto, una frase de aliento, una palabra de despedida; en vano. ¿Habían olvidado que se iba? ¿O fingían haberla olvidado? ¿O acaso ya no les importaba ni su presencia ni su ausencia? Y su madre. En el momento de despedirse no la besó. Besó a Martin, a ella no. A Irena le apretó con firmeza el hombro mientras clamaba con su voz estentórea: «¡No somos partidarias de manifestar nuestros sentimientos!». Esas palabras querían ser virilmente cordiales, pero resultaban glaciales. Al recordar ahora aquellas despedidas (falsas despedidas, despedidas postizas), se dijo: el que echa a perder sus despedidas poco puede esperar de los reencuentros.

Lleva tres o cuatro horas caminando por aquellos verdes barrios. Alcanza un parapeto que ciñe un pequeño parque en los altos de Praga: desde allí se ve el Castillo por detrás, por el lado secreto; es una Praga de la que Gustaf ni sospecha la existencia; y enseguida acuden a ella los nombres que, de jovencita, le gustaba evocar: Macha, poeta de los tiempos en que su nación, cual ondina, surgía de las brumas; Neruda, cuentista popular checo; Voskovec y Werich, con sus canciones, allá por los años treinta, que tanto le gustaban a su padre, fallecido cuando ella era niña; Hrabal y Skvorecky, novelistas de su adolescencia; y los pequeños teatros y los cabarets de los años sesenta, tan libres, tan alegremente libres, con su irreverente humor; ella se había llevado a Francia el intransferible perfume de ese país, su esencia inmaterial.

Apoyada en el parapeto, mira hacia el Castillo: para alcanzarlo le habría bastado un cuarto de hora. Allí empieza la Praga de las postales, la Praga sobre la que la Historia, presa de delirio, imprimió sus múltiples estigmas, la Praga de los turistas y de las putas, la Praga de esos restaurantes tan caros que no pueden frecuentar sus amigos checos, la Praga danzarina que se contonea ante los proyectores, la Praga de Gustaf. Se dice que no existe un lugar más ajeno a ella que esa Praga. Gustaftown. Gustafville. Gustafstadt. Gustafgrad.

Gustaf: lo ve con los rasgos emborronados tras el cristal mate de una lengua que ella conoce mal, y se dice, casi complacida, que así es, porque la verdad acaba de revelársele: no siente necesidad alguna de entenderle ni de que él la entienda. Lo ve jovial, con la camiseta puesta y gritando *Kafka is born in Prag*, y se siente invadida por un deseo, el indomable deseo de tener un amante. No para recomponer su vida tal como es, sino para darle un vuelco. Para tener por fin su propio destino.

Porque, de hecho, nunca había elegido a ningún hombre. Siempre la habían elegido a ella. Terminó por querer a Martin, pero al principio sólo supuso la manera de huir de su madre. En su aventura con Gustaf había creído encontrar la libertad. Pero ahora comprende que no ha sido sino una variante de su relación con Martin: se había agarrado a una mano tendida que la

141

ayudó a salir de penosas circunstancias que era incapaz de asumir.

Sabe que está dotada para la gratitud; siempre se ha jactado de ello como de su principal virtud; cuando se lo ordenaba la gratitud, un sentimiento de amor acudía a ella, como una dócil sirvienta. Se había entregado sinceramente a Martin, y también a Gustaf. Pero ¿había en ello motivo alguno de orgullo? ¿Acaso no es la gratitud otro nombre para la debilidad, para la dependencia? Lo que ahora desea ¡es el amor sin ningún tipo de gratitud! Y sabe que para obtener semejante amor debe pagarlo con un arriesgado acto de audacia. En su vida amorosa nunca había sido audaz, incluso desconocía lo que eso quería decir.

De repente es como una ráfaga de viento: el desfile a cámara rápida de viejos sueños de emigración, de viejas angustias: ve a mujeres que acuden, la rodean con sus risas malvadas y, levantando sus jarras de cerveza, le impiden escapar; está en una tienda donde otras mujeres, probablemente vendedoras, se precipitan sobre ella, la visten con un vestido que, en su cuerpo, se convierte en una camisa de fuerza.

Permanece aún largo tiempo apoyada en el

parapeto, luego se incorpora. Se ha convencido y tiene la certeza de que escapará; de que no se quedará en esa ciudad; ni en ella ni en la vida que esa ciudad empieza a tramar para ella. Dando la espalda al Castillo, reemprende la marcha por las calles inundadas de verdor. Se dice a sí misma que hoy ha hecho el paseo de despedida que, entonces, le había fallado; realiza por fin la Gran Despedida de la ciudad a la que ama por encima de todas y que se dispone a perder una vez más, sin remordimiento, para merecer su propia vida.

38

Cuando el comunismo abandonó Europa, la mujer de Josef insistió en que él volviera a visitar su país. Quería acompañarle. Pero murió, y desde entonces él no concibió otra cosa que su nueva vida con la ausente. Se esforzaba por convencerse de que era una vida feliz. Pero ¿puede hablarse aquí de felicidad? Sí; una felicidad que, como un tembloroso rayo, atravesara su dolor, un dolor resignado, sereno e ininterrumpido. Hace un mes, incapaz de salir de su tristeza, recordó las palabras de la muerta: «Dejar de ir sería anormal, injustificable, incluso feo»; efectivamente, se dijo, ese viaje al que ella tanto le incitaba podría ayudarle hoy; desviarle, al menos durante unos días, de su propia vida que tanto daño le hacía.

Cuando preparaba el viaje, una idea se le cruzó tímidamente por la cabeza: ¿y si se quedara allá para siempre? A fin de cuentas podría seguir ejerciendo como veterinario en Bohemia tan bien como en Dinamarca. Hasta entonces eso le había parecido inaceptable, casi una traición a la mujer que amaba. Pero se preguntó: ¿sería realmente una traición? Si la presencia de su mujer es inmaterial, ¿por qué debería estar vinculada a la materialidad de un único lugar? ¿No podría estar ella con él en Bohemia al igual que en Dinamarca?

Ha salido del hotel y pasea en coche; almuerza en una posada en el campo; luego camina campo a través; senderos, escaramujos, árboles y árboles; extrañamente conmovido, mira hacia el horizonte las colinas cubiertas de vegetación y le sobrecoge la idea de que, en el espacio de su propia vida, en dos ocasiones los checos habían estado dispuestos a morir para que ese paisaje siguiera siendo suyo: en 1938 lucharon contra Hitler; cuando sus aliados, franceses e ingleses, se lo impidieron, habían perdido toda esperanza. En 1968 los rusos invadieron el país y de nuevo los checos quisieron luchar; condenados a capitular de la misma manera, se vieron sumidos una vez más en la desesperación. Estar dispuesto a dar la vida por su país: todas las naciones han conocido la tentación del sacrificio. Los adversarios de los checos, por su parte, también la conocen: los alemanes, los rusos. Pero son grandes pueblos. Su patriotismo es distinto: están exaltados por su gloria, su importancia, su misión universal. Los checos amaban su patria no porque fuera gloriosa, sino porque era desconocida; no porque fuera grande, sino porque era pequeña y estaba continuamente en peligro. En ellos el patriotismo era una inmensa compasión por su país. Al igual que los daneses. No por casualidad Josef había elegido un pequeño país para emigrar.

Conmovido, mira el paisaje y se dice que la historia de su Bohemia durante esta última mitad de siglo es fascinante, única, inédita, y que no interesarse por ella era dar prueba de pobreza de espíritu. Mañana por la mañana irá a ver a N. ¿Cómo habrá vivido todo el tiempo en que no se han visto? ¿Qué habrá pensado de la ocupación rusa de su país? Y ¿cómo habrá vivido el final del comunismo en el que en otros tiempos él creía sincera, honestamente? ¿Cómo se acomoda su formación marxista a la restauración del capitalismo aplaudido en todo el planeta? ¿Se habrá rebelado? ¿O habrá abandonado sus convicciones? Y, si las ha abandonado, ¿será un drama para él? Y ¿cómo se comportarán los demás con él? Oye la voz de su cuñada, que, como cazadora de culpables, sin duda hubiera querido verle esposado ante un tribunal. ¿Necesitará N. que Josef le confirme que la amistad existe a pesar de todos los vaivenes de la Historia?

Su pensamiento vuelve a la cuñada: odiaba a los comunistas porque cuestionaban el sagrado derecho a la propiedad. Y sin embargo a mí, se dijo, me ha cuestionado el sagrado derecho a mi cuadro. Imagina ese cuadro colgado de alguna pared en su casa de ladrillo y, de pronto, sorprendido, se da cuenta de que aquel barrio obrero de la periferia, aquel Derain checo, aquella rareza de la Historia, en su hogar sería una presencia turbadora, un intruso. ¡Cómo se le habrá ocurrido llevárselo! Allí donde vive con su muerta, aquel cuadro no tiene sitio. Nunca le había hablado a ella de él. Nada tenía que ver con ella, con ellos, con su vida.

Luego, piensa: si un pequeño cuadro puede turbar su cohabitación con la muerta, ¡cuánto más turbadora no sería la constante, insistente, presencia de todo un país, de un país que ella nunca había visto!

El sol baja hacia el horizonte mientras él se dirige en coche a Praga; el paisaje huye a su alrededor, el paisaje de un pequeño país por el cual la gente estaba dispuesta a morir, y sabe que hay algo aún más pequeño, que todavía reclama su amor compasivo: ve dos sillones situados el uno frente al otro, la lámpara y el jarrón con flores en el alféizar de la ventana, y el esbelto abeto que su mujer había plantado delante de la casa, un abeto como un brazo que ella levantara para señalarle de lejos su hogar.

39

Si Skacel se encerró para pasar trescientos años en la casa de la tristeza, era porque veía su país engullido para siempre jamás por el imperio del Este. Se equivocaba. Todo el mundo se equivoca acerca del porvenir. El ser humano sólo puede estar seguro del momento presente. Pero ¿es realmente así? ¿Puede de hecho conocer el presente? ¿Es acaso capaz de juzgarlo? Claro que no. Porque ¿cómo podría comprender el sentido del presente el que no conoce el porvenir? Si no sabemos hacia qué porvenir nos conduce el presente, ¿cómo podríamos decirnos que ese presente es bueno o malo, que merece nuestra adhesión, nuestra desconfianza o nuestro odio?

En 1921 Arnold Schönberg proclama que, gracias a él, la música alemana seguirá siendo dueña del mundo durante los próximos cien años. Quince años después se ve obligado a abandonar Alemania. Después de la guerra, ya en Estados Unidos y cubierto de honores, sigue convencido de que la gloria jamás abandonará su obra. Reprocha a Igor Stravinski pensar demasiado en sus contemporáneos y descuidar el dictamen del porvenir. Considera a la posteridad su aliado más seguro. En una carta mordaz dirigida a Thomas Mann ¡apela a la época en la que «después de doscientos o trescientos años» al fin se sabría cuál de los dos, Mann o él, era el más grande! Murió en 1951. En los decenios siguientes su obra fue celebrada como la más grande del siglo, venerada por los más brillantes compositores jóvenes que se declaraban sus discípulos; pero, más adelante, se aleja tanto de las salas de conciertos como de la memoria. ¿Quién sigue interpretándolo hacia finales de este siglo? ¿Quién lo cita? No, no quiero burlarme tontamente de su prepotencia y decir que se sobrestimaba. ¡Mil veces no! Schönberg no se sobrestimaba. Sobrestimaba el porvenir.

¿Había cometido acaso un error de reflexión? No. Pensaba bien, pero vivía en esferas demasiado elevadas. Debatía con los más grandes de Alemania, con Bach, con Goethe, con Brahms, con Mahler, pero, por inteligentes que sean, los debates sostenidos en las altas esferas del espíritu son siempre miopes con respecto a lo que, sin razón ni lógica, ocurre abajo: ya pueden luchar a muerte dos grandes ejércitos por causas sagradas, siempre será una minúscula bacteria pestífera la que acabará con los dos.

Schönberg era consciente de la existencia de esa bacteria. Ya en 1930 escribía: «La radio es un enemigo, un despiadado enemigo que avanza irresistiblemente y contra la que toda resistencia es vana»; la radio, «sin sentido alguno de la medida, nos atiborra de música (...), sin preguntarse si queremos escucharla, si tenemos la posibilidad de percibirla», de tal manera que la música pasa a ser un simple ruido, un ruido entre otros ruidos.

La radio fue el pequeño arroyo en el que todo empezó. Llegaron después otros medios técnicos para reproducir, multiplicar, aumentar el sonido, y el arroyo se convirtió en un inmenso río. Si antaño se escuchaba música por amor a la música, hoy aúlla constantemente por todas partes «sin preguntarse si queremos escucharla», aúlla por altavoces en los coches, en los restaurantes, en los ascensores, en las calles, en las salas de espera, en los gimnasios, en las orejas taponadas por los *walkman;* música reescrita, reinstrumentada, acortada, desgajada, fragmentos de rock, de jazz, de ópera, flujo en que todo se entremezcla sin que se sepa quién es el compositor (la música convertida en ruido es anónima), sin que se distinga el principio del fin (la música convertida en ruido no sabe de formas): el agua sucia de la música en la que muere la música.

Schönberg conocía, pues, la bacteria, era consciente del peligro, pero en el fondo no le prestaba atención. Como ya he dicho, vivía en las más altas esferas del espíritu, y el orgullo le impedía tomar en serio enemigo tan pequeño, tan vulgar, tan repugnante, tan despreciable. El único gran adversario digno de él, el sublime rival, contra quien combatía con brío y severidad, era Igor Stravinski. De tal manera que acabó luchando contra su propia música para ganarse los favores del porvenir.

Pero el porvenir se convirtió en un inmenso río, el diluvio de las notas en el que flotaban, entre hojas muertas y ramas arrancadas, los cadáveres de los compositores. Un día el cuerpo muerto de Schönberg, a merced del trasiego de las olas embravecidas, chocó contra el de Stravinski, y los dos, en una reconciliación tardía y culpable, siguieron su viaje hacia la nada (hacia la nada de la música, que es el estrépito absoluto).

40

Recordemos: cuando Irena se había detenido con su marido en la orilla del río que atravesaba una pequeña ciudad francesa de provincias, vio en la otra orilla unos árboles abatidos y, en

151

aquel momento, un inesperado golpe de música proveniente de un altavoz cayó sobre ella. Unos meses después se encontraba en casa con su marido agonizante. Desde la vivienda de al lado tronó una música. Dos veces llamó ella a la puerta y rogó a sus vecinos que apagaran el aparato, las dos veces en vano. Al final, aulló: «¡Apaguen ese horror! ¡Mi marido se está muriendo! ¿Me oyen? ¡Se está muriendo! ¡Muriendo!».

Durante los primeros años en Francia había escuchado mucho la radio, que la familiarizaba con la lengua y la vida francesas, pero después de la muerte de Martin, la música dejó de gustarle y ya no le encontró ningún placer; las noticias ya no se daban como antes, de un modo continuo, sino con interrupciones de unos tres, ocho, quince segundos de música, y esos breves interludios habían ido en insidioso aumento de un año para otro. Iba así conociendo íntimamente lo que Schönberg llamaba «la música convertida en ruido».

Está acostada en la cama al lado de Gustaf; sobreexcitada ante la idea de su cita, teme no poder dormir; ya se ha tomado un somnífero, ya se ha calmado y, al despertarse en medio de la noche, ha vuelto a tomarse otros dos; luego, por desespero, por nerviosismo, ha encendido, pegándola a la oreja, una pequeña radio. Para recuperar el sueño quiere oír una voz humana, una palabra que se apodere de su pensamiento, se la lleve a otro lugar, pero de todas partes sólo sale música, el agua sucia de la música, fragmentos de rock, jazz, ópera, y es un mundo en el que no puede dirigirse a nadie porque todos cantan y aúllan, es un mundo en el que nadie se dirige a ella porque todos pegan saltos y bailan.

A un lado, el agua sucia de la música; al otro, un ronquido, e Irena, asediada, siente la necesidad de un espacio libre para ella, un espacio para respirar, pero choca contra el cuerpo, pálido e inerte, que el destino ha dejado en su camino como un saco de lodo. Una nueva oleada de odio hacia Gustaf se apodera de ella, no porque su cuerpo descuida el suyo (¡oh no!, ¡nunca más podrá hacer el amor con él!), sino porque sus ronquidos la impiden dormir y ella corre el riesgo de estropear el encuentro de su vida, el encuentro que tendrá lugar muy pronto, dentro de unas ocho horas, porque se acerca la mañana, y el sueño no llega y sabe que estará cansada, nerviosa, la cara afeada, envejecida.

Por fin la intensidad del odio actúa como un

narcótico y se duerme. Cuando se despierta, él ya se ha ido y la pequeña radio, cerca de su oreja, sigue emitiendo la música convertida en ruido. Le duele la cabeza y se siente exhausta. Se quedaría con gusto en la cama, pero Milada ha anunciado su visita a las diez. ¿Por qué vendrá precisamente hoy? ¡Irena no tiene ningunas ganas de estar con nadie!

41

Construida en una pendiente, desde la calle sólo se veía una planta de la casa. Al abrirse la puerta, Josef fue avasallado por los trances amorosos de un gran pastor alemán. Sólo después de mucho rato pudo ver a N., quien calmó al perro entre risas y condujo a Josef por un pasillo, luego por una larga escalera hacia una vivienda de dos piezas, situada a la altura del jardín, donde vivía con su mujer; allí estaba ella tendiéndole amistosamente la mano.

«Arriba», dijo N. señalando el techo, «las viviendas tienen mucho más espacio. Allí viven mi hija y mi hijo con sus familias. La casa pertenece a mi hijo. Es abogado. Es una pena que hoy no esté aquí. Oye», dijo bajando la voz, «si quieres volver a instalarte en este país, él te ayudará, te lo facilitará todo.»

Estas palabras le recordaron a Josef el día en que N., unos cuarenta años antes, con esa misma voz baja en señal de confidencia, le brindó su amistad y su ayuda.

«Les he hablado de ti...», dijo N. y gritó por la escalera varios nombres que pertenecían sin duda a su prole; cuando vio bajar a tantos nietos y bisnietos, Josef no tenía idea de quiénes eran. En todo caso, eran todos guapos, elegantes (Josef no podía dejar de mirar a una rubia, la amiguita del nieto, una alemana que no hablaba ni una palabra de checo), y todos, incluidas las chicas, parecían más altos que N., quien, en su presencia, parecía un conejo perdido entre plantas enloquecidas que crecieran a ojos vistas a su alrededor y terminaran por taparle.

Como modelos en una pasarela, sonrieron sin decir palabra hasta el momento en que N. les rogó que le dejaran a solas con su amigo. Su mujer se quedó en la casa y ellos salieron al jardín.

El perro les siguió y N. comentó: «Nunca le

155

he visto tan excitado con una visita. Como si reconociera tu profesión». Luego le enseñó a Josef unos árboles frutales y le explicó sus intervenciones en la disposición de las alfombras de césped separadas por senderos, de tal manera que la conversación se alejó durante un buen rato de los temas que Josef se había propuesto abordar; al fin consiguió interrumpir el curso de botánica de su amigo y le preguntó cómo había vivido durante los veinte años en que no se habían visto.

«¡No me hables!», dijo N. y, como respuesta a la mirada interrogante de Josef, se señaló con un índice el corazón. Josef no entendía el sentido de aquel gesto: ¿le habrían afectado profundamente los acontecimientos, «hasta lo más hondo de su corazón»? ¿Habría vivido un drama amoroso? ¿O le habría dado un infarto? «Un día te lo contaré», añadió eludiendo toda discusión.

La conversación no era fácil; cada vez que Josef se detenía para formular mejor una pregunta, el perro se sentía autorizado a saltar sobre él y ponerle las patas encima de la barriga. «Recuerdo que siempre decías», observó N., «que quienes se hacen médicos quieren serlo porque les interesan las enfermedades. Los que se hacen veterinarios lo son por amor a los animales.»

«¿Decía yo eso?», se extrañó Josef. Recuerda entonces que hace dos días había explicado a su cuñada que había elegido esa profesión para rebelarse contra su familia. ¿Había actuado, pues, por amor y no por rebeldía? En una sola nube indistinta vio desfilar ante él todos los animales enfermos que había conocido; luego vio su consulta de veterinario en la parte trasera de su casa de ladrillo, donde al día siguiente (¡sí, justo al cabo de veinticuatro horas!) abriría la puerta para dejar pasar al primer paciente del día; su rostro se iluminó con una ancha sonrisa.

Tuvo que esforzarse para volver a la conversación apenas iniciada: preguntó a N. si habían ido contra él por culpa de su pasado político; N. contestó que no; la gente sabía, según él, que había ayudado a quienes eran perseguidos por el régimen. «¡No lo dudo!», dijo Josef (y realmente no lo dudaba), pero insistió: ¿cómo juzgaba el propio N. su vida pasada? ¿Como un error o una derrota? N. balanceó la cabeza, diciendo que ni lo uno ni lo otro. Finalmente le preguntó qué pensaba de la restauración tan rápida y tan brutal del capitalismo. Encogiéndose de hombros, N. contestó que, dadas las circunstancias, no había otra solución.

No, la conversación no consiguió arrancar.

Josef pensó al principio que N. encontraba indiscretas sus preguntas. Pero rectificó: más que indiscretas, habían quedado fuera de lugar. Si el sueño de venganza de su cuñada se hiciera realidad y si N. fuera acusado y llevado ante un tribunal, entonces sí volvería a su pasado comunista para explicarlo y defenderlo. Pero sin ser citado, ese pasado hoy quedaba lejos. Ya no lo habitaba.

Josef recordó una antiquísima idea suya, que entonces había tomado por blasfema: la adhesión al comunismo no tiene nada que ver con Marx y sus teorías; la época no hizo más que brindar a la gente la ocasión de poder satisfacer sus más diversas necesidades psicológicas: la necesidad de mostrarse no conformista; o la necesidad de obedecer; o la necesidad de castigar a los malos; o la necesidad de mostrarse útil; o la necesidad de avanzar con los jóvenes hacia el porvenir; o la necesidad de formar una gran familia.

El perro, de buen humor, ladraba, y Josef se dijo: la gente abandona hoy el comunismo no porque su pensamiento haya cambiado o entrado en conflicto, sino porque el comunismo ya no brinda la ocasión de mostrarse inconformista, ni de obedecer, ni de castigar a los malos, ni de mostrarse útil, ni de avanzar con los jóvenes, ni de formar una gran familia. La convicción comunista no responde ya a esa necesidad. Ha pasado a ser hasta tal punto inútil que todos la abandonan fácilmente, sin darse cuenta siquiera. El caso es que la intención primera de su visita quedaba de momento sin efecto: hacerle saber a N. que, ante un tribunal imaginario, él, Josef, le defendería. Para lograrlo, quería ante todo demostrarle que no le entusiasmaba en absoluto el mundo que iba instalándose allí después del comunismo e invocó la gran imagen publicitaria en la plaza de su ciudad natal, en la que una sigla incomprensible ofrece sus servicios a los checos señalándoles una mano blanca y una mano negra entrelazadas: «Dime, ¿sigue siendo éste nuestro país?».

Esperaba oírle algún comentario sarcástico sobre el capitalismo mundial que lo uniformiza todo en el planeta, pero N. calla.

–El imperio soviético se desmoronó porque ya no podía tener bajo control naciones que querían ser soberanas. Pero esas naciones son ahora menos soberanas que nunca. No pueden elegir ni su economía, ni su política exterior, ni siquiera los eslóganes publicitarios.

–La soberanía nacional es desde hace mucho tiempo una ilusión –dijo N.

—Pero, si un país no es independiente y ni siquiera quiere serlo, ¿habrá todavía alguien dispuesto a morir por él?

—No quiero que mis hijos estén dispuestos a morir.

—Lo diré de otra manera: ¿habrá alguien que aún ame a este país?

N. aminoró el paso:

—Josef —dijo conmovido—, ¿cómo has podido emigrar? ¡Eres todo un patriota! —Luego añadió muy seriamente—: Ya no existe eso de morir por tu país. Puede que para ti, durante tu ausencia, el tiempo se haya parado. Pero ellos, ellos ya no piensan como tú.

—¿Quiénes?

N. hizo un gesto con la cabeza hacia las plantas superiores de la casa, como si quisiera señalar a su prole. «Están ya en otra parte.»

42

Durante las últimas frases de su conversación, los dos amigos no se habían movido del sitio; el perro aprovechaba: se levantaba y ponía las patas sobre Josef, que lo acariciaba. N. contempló un buen rato, cada vez más enternecido, aquel dúo de hombre y perro. Y como si sólo ahora se diera cuenta plenamente de los veinte años en los que no se habían visto, dijo: «¡Oh, qué contento estoy de que hayas venido!». Le dio palmaditas en el hombro y le invitó a sentarse bajo un manzano. Y, de repente, Josef comprendió: la conversación seria, importante, para la que había venido, no tendría lugar. Y, para mayor sorpresa suya, sintió alivio, ¡sí, como una liberación! Después de todo, no había venido para someter a su amigo a un interrogatorio.

Como si hubiera saltado una cerradura, su conversación levantó el vuelo libremente, una amable charla entre dos viejos amigotes: recuerdos dispersos, información sobre amigos comunes, comentarios graciosos, paradojas, chistes. Era como si se dejara mecer por un viento suave, cálido, poderoso. Josef sentía una irresistible alegría de hablar, ¡una alegría en verdad inesperada! Durante veinte años apenas había hablado checo. La conversación con su mujer era fácil porque el danés había pasado a ser para ellos la lengua franca de su intimidad. Pero con los demás seguía siendo consciente de tener siempre que elegir las palabras, construir fra-

161

ses, vigilar el acento. Le parecía que los daneses corrían ágilmente al hablar y que él, en cambio, trotaba detrás, lastrado con un peso de veinte kilos. Ahora las palabras le salían solas de la boca, sin necesidad de buscarlas ni controlarlas. El checo ya no era esa lengua desconocida de timbre nasal que le había sorprendido en su ciudad natal. Por fin la reconocía, la saboreaba. Se sentía a gusto con ella, aligerado como tras una cura de adelgazamiento. Hablaba como si volara y, por primera vez durante su estancia, era feliz en su país, lo sentía suyo.

Aguijoneado por la felicidad que irradiaba su amigo, N. se mostraba cada vez más relajado; con una sonrisa cómplice, evocó a su amante secreta de entonces y le agradeció haberle servido de coartada ante su mujer. Josef no lo recordaba y estaba seguro de que N. le confundía con otro. Pero la historia de la coartada, que él le contó detalladamente, era tan bonita, tan graciosa, que Josef terminó por conceder que había desempeñado en ella un papel importante. N. tenía la cabeza inclinada hacia atrás y, a través de las ramas, el sol iluminaba su rostro con una sonrisa beatífica.

En ese estado de bienestar les encontró la mujer de N.:

–Almorzarás con nosotros, ¿no?

Miró su reloj y se levantó.

–Tengo una cita dentro de media hora.

–¡Entonces, ven esta noche! Cenaremos juntos –le rogó N. afectuosamente.

–Esta noche ya estaré en casa.

–Cuando dices en casa, quieres decir...

–En Dinamarca.

–Resulta muy raro oírte decir eso. ¿De modo que tu hogar ya no está aquí? –preguntó la mujer de N.

–No. Está allá.

Hubo un largo momento de silencio, y Josef se dispuso a ser acribillado a preguntas: Si Dinamarca es realmente tu hogar, ¿qué vida llevas allí? ¿Con quién? ¡Cuenta! ¿Cómo es tu hogar? ¿Cómo es tu mujer? ¿Eres feliz? ¡Cuenta, cuenta!

Pero ni N. ni su mujer formularon una sola pregunta. Por un segundo, aparecieron ante Josef una cancela de madera y un abeto.

–Tengo que irme –dijo, y se dirigieron todos hacia la escalera.

Subían callados y, en medio del silencio, Josef sintió de pronto la ausencia de su mujer; aquí no había ni una sola huella de su ser. Durante los tres días pasados en ese país, nadie había dicho una sola palabra sobre ella. Comprendió: si se quedara aquí, la perdería. Si se quedara, ella desaparecería.

Se detuvieron en la acera, se despidieron una vez más y el perro apoyó sus patas en la barriga de Josef.

Luego, los tres le siguieron con la mirada mientras se alejaba hasta perderle de vista.

43

Cuando después de tantos años la vio entre otras mujeres en la sala del restaurante, Milada sintió una ternura insospechada hacia Irena; un detalle le había llamado entonces particularmente la atención: Irena le había recitado un poema de Jan Skacel. En la pequeña Bohemia es fácil toparse con algún poeta y abordarle. Milada lo había conocido, era un hombre achaparrado, con un rostro duro, como tallado en piedra, y lo había admirado con la ingenuidad propia de una jovencita de entonces. Acaba de publicarse en un tomo su poesía completa, y Milada se lo lleva de regalo a su amiga.

Irena ojea el libro:

–¿Todavía se lee poesía?

–No mucho –dice Milada y, de memoria, cita unos versos–: «A veces, al mediodía, con las aguas del río se ve pasar la noche...». Y también: «estanques, con el agua a la espalda». O, dice Skacel, hay tardes en las que el aire es tan frágil y suave «que puedes caminar descalzo sobre cascos de botella».

Escuchándola, Irena recuerda aquellas súbitas apariciones que se le pasaban por la cabeza en los primeros años de emigración. Eran fragmentos de ese mismo paisaje.

–O aun esta imagen: «Sobre un caballo, la muerte y un pavo».

Milada pronunció esas palabras con una voz ligeramente temblorosa: siempre evocaban en ella esta visión: en un caballo cabalgan campo a través un esqueleto con una guadaña en la mano y detrás, en la grupa, un pavo con la cola desplegada, espléndida y seductora como la eterna vanidad.

Irena mira reconocida a Milada, la única amiga que ha vuelto a encontrar en este país, mira su hermoso rostro redondo, que el pelo redondea aún más; como está callada y pensativa, las arrugas han desaparecido en la inmovilidad de su piel y parece una mujer todavía joven; Irena desea que siga así, que deje de recitar versos, que permanezca muda mucho tiempo, inmóvil y hermosa.

–Siempre te has peinado igual, ¿verdad? Nunca te he visto con otro peinado.

Como si quisiera eludir este tema, Milada dice:

–Entonces, ¿acabarás por decidirte algún día?

–¡Sabes muy bien que Gustaf tiene oficinas en Praga y en París!

–Pero, si no me equivoco, él lo que quiere es instalarse definitivamente en Praga.

–Mira, a mí me conviene este vaivén entre Praga y París. Tengo mi trabajo aquí y allí, Gustaf es mi único jefe, nos las arreglamos, improvisamos.

–¿Qué te retiene en París? ¿Tus hijas?

–No, no quiero ser una carga para ellas.

–¿Tienes a alguien allá?

–No, a nadie. –Luego–: El apartamento es mío. –Luego–: Mi independencia. –Y añadió lentamente–: Desde siempre tengo la impresión de que mi vida ha sido conducida por otros. Salvo unos años después de la muerte de Martin. Fueron los años más duros, estaba sola con las niñas, tenía que arreglármelas. Anduve en la miseria. No me creerás, pero, vistos hoy, los recuerdo como los años más felices.

Ella misma se sorprendió de haber calificado de años más felices los que habían seguido a la muerte de su marido y rectifica:

–Quiero decir que fue la única vez en que me sentí dueña de mi vida.

Se calló. Milada no interrumpe el silencio, e Irena prosigue:

–Me casé muy joven sólo para huir de mi madre. Pero, precisamente por eso, fue una decisión forzada y en realidad nada libre. Para colmo, queriendo huir de mi madre, me casé con un viejo amigo suyo. Porque de hecho yo sólo conocía a la gente que la rodeaba a ella. De modo que, incluso casada, seguía bajo vigilancia.

–¿Cuántos años tenías?

–Apenas veinte. Y a partir de entonces todo quedó decidido. En ese momento cometí un error, un error difícil de definir, imperceptible, pero que fue el punto de partida de toda mi vida y que nunca he conseguido reparar.

–Un error irreparable en la edad de la ignorancia.

–Sí.

–A esa edad es cuando la gente se casa, tiene el primer hijo, elige su profesión. Un día sabrá y comprenderá muchas cosas, pero ya será demasiado tarde, porque su vida habrá tomado forma en una época en que no sabía absolutamente nada.

—Sí, sí —coincide Irena—, ¡ocurre lo mismo con la decisión de emigrar! También fue consecuencia de anteriores decisiones. Emigré porque la policía secreta le hacía la vida imposible a Martin. Él era quien ya no podía vivir aquí. Yo sí. Fui solidaria con mi marido y no me arrepiento. Pero el hecho de emigrar no fue cosa mía, una decisión mía, un acto de libertad, un destino propio. Mi madre me empujó hacia Martin, y Martin me llevó al extranjero.

—Sí, me acuerdo, aquello se decidió sin ti.

—Mi madre ni siquiera se opuso.

—Al contrario, le convenía.

—¿A qué te refieres? ¿A la casa?

—Todo acaba siendo una cuestión de propiedad.

—Te noto otra vez marxista —dijo Irena con una sonrisita.

—¿Te has fijado en cómo la burguesía, después de cuarenta años de comunismo, se ha recuperado en pocos días? Sobrevivió de mil maneras, unos en prisión, otros arrancados de sus puestos de trabajo, otros, por el contrario, se lo montaron de maravilla, hicieron brillantes carreras, fueron embajadores, profesores. Ahora sus hijos y sus nietos se han juntado otra vez en una especie de fraternidad secreta, copan bancos, periódicos, el parlamento, el gobierno.

–Veo que sí sigues siendo comunista.

–Esa palabra ya no quiere decir nada. Pero no he dejado de ser hija de una familia pobre.

Calla y por su cabeza desfilan imágenes: la adolescente de familia pobre que se enamora de un chico de familia rica; la joven que busca en el comunismo un sentido a su vida; después de 1968, una mujer madura que se casa con un disidente y, de repente, descubre con él un mundo mucho más amplio: no sólo conoce a comunistas que se han rebelado contra el partido, sino también a sacerdotes, antiguos prisioneros políticos y grandes burgueses desclasados. Y después, ya en 1989, como salida de un sueño, vuelve a ser la que era: una avejentada hija de familia pobre.

–No te ofendas por mi pregunta –dijo Irena–, ya me lo habías dicho, pero no me acuerdo: ¿dónde naciste?

Milada dijo el nombre de una pequeña ciudad.

–Hoy almuerzo con alguien de allí.

–¿Cómo se llama?

Al oír su nombre, Milada sonrió:

–Veo que una vez más me trae mala suerte. Quería invitarte yo a almorzar. ¡Qué lástima!

44

Aunque él ha llegado puntual, ella ya le esperaba en el vestíbulo del hotel. La conduce al comedor y la invita a sentarse frente a él a una mesa que había reservado.

Tras unas frases, ella le interrumpe:

–Entonces, ¿qué tal te ha ido por aquí? ¿Vas a quedarte?

–No –dijo él; y pregunta a su vez–: ¿Y tú? ¿Qué te retiene aquí?

–Nada.

La respuesta es tan rotunda y se parece tanto a la suya que los dos se echan a reír. Su acuerdo queda así sellado y se ponen a hablar, con entusiasmo, con alegría.

Él encarga la comida y, cuando el camarero le presenta la carta de vinos, Irena se la quita:

–¡La comida te toca a ti, el vino lo pongo yo!

–Repasa en la carta algunos vinos franceses y elige uno–: El vino es una cuestión de honor para mí. Nuestros compatriotas no saben nada de vinos, y tú, en tu bárbara Escandinavia, debes de saber aún menos.

Le cuenta cómo sus amigas se negaron a tomar el burdeos que les había traído:

–Imagínate, ¡una cosecha de 1985! Y ellas, a conciencia, para darme una lección de patriotismo, bebieron cerveza. Luego se apiadaron de mí y, ya borrachas de cerveza, ¡les dio por el vino!

Irena sigue contando, es graciosa, ríen los dos.

–Lo peor es que me hablaban de cosas y de personas de las que no sabía nada. No querían comprender que su mundo, después de tanto tiempo, se me había ido de la cabeza. Pensaban que, al olvidarlo, quería hacerme la interesante. Destacar. Fue una conversación muy rara: yo había olvidado quiénes eran ellas, y ellas no tenían ningún interés en saber qué había sido de mí. ¿Te puedes creer que nadie me ha hecho una sola pregunta sobre mi vida allí? ¡Ni una sola pregunta! ¡Nunca! Aquí tengo siempre la impresión de que quieren amputarme veinte años de mi vida. Sí, tengo realmente la impresión de que se trata de una amputación. Me

171

siento como reducida, disminuida, como una enana.

Ella le va gustando, y también lo que cuenta. La comprende, está de acuerdo con todo lo que dice.

–Y en Francia –sugiere él–, ¿te hacen preguntas tus amigos?

Está a punto de decir que sí, pero recapacita; quiere ser precisa y habla lentamente:

–¡Claro que no! Pero allá la gente se reúne a menudo, supone que todos se conocen. No se hacen preguntas, pero no se sienten frustrados por ello. No se interesan los unos por los otros, pero lo hacen de un modo muy inocente. A pesar suyo.

–Es verdad. Sólo cuando vuelves a tu país después de una larga ausencia te das cuenta de algo evidente: las personas no se interesan las unas por las otras, y para ellas es normal.

–Sí, es normal.

–Pero yo me refería a otra cosa. No a ti, a tu vida, a tu persona. Me refería a tu experiencia. A lo que habías visto, a lo que habías conocido. De eso tus amigos franceses no podían tener ni la menor idea.

–A los franceses, ¿sabes? les da igual la experiencia. Los juicios, allá, priman sobre la ex-

172

periencia. Cuando llegamos les dio igual saber cosas sobre nosotros. Ya sabían que el estalinismo era un mal y la emigración una tragedia. No les interesaba lo que pensábamos, lo que les interesaba de nosotros era que fuéramos la prueba viviente de lo que ellos pensaban. Por eso se volcaban con nosotros y se sentían orgullosos de hacerlo. Cuando un día se desmoronó el comunismo, fijaron en mí una mirada indagadora. Y entonces algo se estropeó. No me porté como ellos esperaban de mí. –Irena toma un sorbo de vino y sigue–: En realidad me habían ayudado mucho. Habían visto en mí el sufrimiento de una emigrada. Luego llegó la hora en que debía confirmar ese sufrimiento mediante la alegría del regreso. Pero no obtuvieron esa confirmación. Se sintieron burlados. Y yo también, porque entretanto había creído que me querían por mí misma y no por mi sufrimiento. –Le habla también de Sylvie–. Para ella fue una decepción que desde el primer día yo no acudiera a las barricadas en Praga.

–¿Las barricadas?

–Claro que no las había, pero Sylvie se las imaginaba. No pude viajar a Praga hasta meses después, cuando ya había ocurrido todo, y me quedé entonces cierto tiempo. Cuando volví a

París sentí la necesidad imperiosa de hablar con ella, ¿sabes?, yo la quería de verdad y quería contárselo todo, hablarlo con ella, del impacto de volver a tu país después de veinte años, pero ella ya no tenía muchas ganas de verme.

–¿Pasó algo entre vosotras?

–No, claro que no. En París las cosas no ocurren así. Simplemente yo había dejado de ser una emigrada. Me encontré fuera de la actualidad. De modo que, poco a poco, suavemente, con sonrisas, dejó de buscarme.

–Entonces, ¿con quién puedes hablar de estas cosas? ¿Con quién te entiendes?

–Con nadie. –Luego dijo–: Ahora, contigo.

45

Se han callado. Y ella ha repetido en un tono casi solemne: «Contigo». Y ha añadido aún: «Aquí, no. En Francia. O más bien en otra parte. En cualquier lugar».

Con estas palabras le ha ofrecido su porvenir. Y, aunque a Josef no le interese el porvenir, se siente feliz con esta mujer que, de un modo tan

174

visible, le desea. Como si retrocediera en el tiempo a los años en que iba a ligar a Praga. Como si aquellos años le invitaran ahora a retomar el hilo allí donde se había roto. Se siente rejuvenecer con esa desconocida y, de repente, se le hace inaceptable la idea de tener que acortar la tarde por culpa de la cita con su hijastra.

–¿Me perdonas un momento? Tengo que hacer una llamada. –Se levanta y se dirige a una cabina.

Ella le mira, ligeramente encorvado, mientras descuelga el auricular; a distancia, calcula su edad con mayor precisión. Cuando le vio en el aeropuerto, le había parecido más joven; ahora comprueba que él debe de tener unos quince o veinte años más que ella; como Martin, como Gustaf. No le parece mal, al contrario, eso le da la reconfortante impresión de que esta aventura, por muy audaz y arriesgada que sea, le corresponde por derecho y es menos alocada de lo que parece (les señalo: se siente tan alentada como Gustaf, años antes, cuando se enteró de la edad de Martin).

En cuanto dice su nombre, la hijastra arremete contra él:

–Me llamas para decirme que no vendrás.

175

–Veo que lo has entendido. Después de tantos años, tengo un montón de cosas que hacer. No tengo ni un minuto libre. Perdona.

–¿Cuándo te vas?

Está a punto de decir «esta noche», pero se le ocurre que ella podría intentar dar con él en el aeropuerto. Miente:

–Mañana por la mañana.

–¿Y no tienes tiempo para verme? ¿Ni siquiera entre dos citas? ¿Ni siquiera esta noche? ¡Estaré a tu disposición cuando tú quieras!

–No.

–¡No olvides que pese a todo soy la hija de tu mujer!

El énfasis con el que casi ha gritado la última frase le recuerda lo que, en otros tiempos, más le horrorizaba en este país. Se indigna y busca una frase hiriente.

Ella es más rápida que él:

–Te callas, ¿eh? ¡No sabes qué decir! Para que lo sepas, mamá me había desaconsejado llamarte. ¡Me había explicado lo egoísta que eres! Un desgraciado y un sucio egoísta.

Y cuelga.

Él se dirige hacia la mesa sintiéndose como salpicado de porquería. De pronto, sin lógica alguna, una frase le atraviesa el espíritu: «Tuve a muchas mujeres en este país, pero a ninguna que fuera como una hermana». Se queda sorprendido por esa frase y por la palabra «hermana»; camina más despacio para aspirar a fondo esa palabra tan apacible: una hermana. En efecto, en su país nunca había encontrado a una hermana.

–¿Algo desagradable?

–Nada grave –responde él mientras se sienta–. Pero sí desagradable.

Se calla.

Ella también. Los somníferos de su noche en vela se manifiestan en el cansancio. En un intento por despistarlo, se sirve el resto de vino y bebe. Luego baja la mano y la pone sobre la de él:

–No estamos a gusto aquí. Te invito a tomar algo.

Se dirigen al bar, donde suena una música a todo volumen.

Ella da unos pasos atrás, luego se controla: necesita alcohol. En la barra, beben cada uno una copa de coñac.

Él la mira:

–¿Qué pasa?

Ella hace un gesto con la cabeza.

–¿La música? Bueno, vayamos a mi habitación.

46

Saber por Irena de su presencia en Praga era una coincidencia bastante singular. Pero, a cierta edad, las coincidencias pierden su magia, dejan de sorprender, pasan a ser triviales. El recuerdo no la altera en absoluto. Con cierto humor amargo recuerda tan sólo que a él le gustaba atemorizarla con sus comentarios sobre la soledad y que, efectivamente, acaba de condenarla a almorzar sola.

Sus comentarios sobre la soledad. Tal vez permanezca aún en su memoria esa palabra porque entonces le parecía del todo incomprensible: cuando era jovencita, con dos hermanos y dos hermanas, le horrorizaban las multitudes; para trabajar, para leer, no disponía de una habitación propia y difícilmente encontraba un rincón para aislarse. Estaba claro que sus preocupaciones no eran las mismas, pero comprendía que, en boca de su amigo, la palabra soledad adquiría un sentido más abstracto y más noble: atravesar la vida sin interesar a nadie; hablar sin ser escuchada; sufrir sin inspirar compasión; por lo tanto, vivir como de hecho ha vivido desde entonces.

Ha dejado el coche en un barrio cerca de su casa y busca un café. Cuando no tiene a nadie con quien almorzar, nunca va a un restaurante (donde, frente a ella, en una silla vacía, se sentaría la soledad para observarla), sino que prefiere comer un sándwich en la barra. Al pasar ante un escaparate, su mirada se encuentra con su reflejo. Se detiene. Se mira, es su vicio, tal vez el único. Fingiendo mirar lo que está expuesto se observa a sí misma. Alguien le dijo una vez que se parecía a una Virgen eslava: pelo oscuro, ojos azules, cara redondeada. Sabe que es hermosa, lo sabe desde siempre y es su único motivo de felicidad.

Luego se da cuenta de que lo que ve no es tan sólo su rostro vagamente reflejado, sino el escaparate mismo de una carnicería: un costillar colgado, piernas cortadas, una cabeza de cerdo con un morro amistoso y conmovedor, más allá en el interior de la tienda, cuerpos de aves desplumadas, patas al aire, impotentes, porque así las ha dispuesto un ser humano, y, de pronto, es presa del espanto, su rostro se crispa, encoge los puños y se esfuerza por ahuyentar la pesadilla.

Irena le ha hecho hoy una pregunta que suelen hacerle de vez en cuando: por qué no ha cambiado de peinado. No, no lo ha cambiado ni nunca lo cambiará porque es hermosa mientras conserve el cabello tal como lo lleva alrededor de la cabeza. Conociendo el indiscreto cacareo de los peluqueros, había elegido el suyo en un barrio periférico, donde ninguna de sus amigas iría jamás a peinarse. Debía proteger el secreto de su oreja izquierda al precio de una gran disciplina y de todo un sistema de precauciones. ¿Cómo conciliar el deseo de los hombres con el deseo de parecerles hermosa? Al principio había buscado otras salidas (desesperados viajes al extranjero donde nadie la conociera y donde ninguna indiscreción pudiera traicionarla), pero más tarde se había vuelto radical y había sacrificado su vida erótica en favor de su belleza.

De pie ante la barra, bebe cerveza lentamente y come un sándwich de queso. No tiene prisa; no tiene nada que hacer. Como cada domingo, por la tarde lee y por la noche come algo a solas.

47

Irena comprueba que el cansancio no le da tregua. A solas unos instantes en la habitación, ha tomado del minibar tres botellitas de bebidas distintas. Ha abierto una y se la ha bebido. Ha deslizado las otras dos en el bolso, que está encima de la mesita de noche. Ve un libro en danés: *La Odisea.*

–Yo también he estado pensando en Ulises –dice en cuanto vuelve Josef.

–Él anduvo lejos de su país, como tú, durante veinte años.

–¿Veinte años?

–Sí, exactamente veinte.

–Él al menos se sentía feliz de regresar.

–No es tan seguro. Vio cómo había sido traicionado por sus compatriotas y mató a un montón. No creo que fuera muy amado por su gente.

–Pero Penélope sí lo amaba.

–¡Quién sabe!

–¿No estás seguro?

–He leído y releído el pasaje en el que se encuentran. Al principio ella no lo reconoce. Luego, cuando todo queda ya aclarado para todo el mundo, cuando los pretendientes han sido ya eliminados y los traidores castigados, sigue imponiéndole nuevas pruebas para estar bien segura de que es realmente él. O, ¿quién sabe?, para aplazar el momento en que volverían a encontrarse en la cama.

–Eso es comprensible, ¿no? Debes de estar paralizado después de veinte años. ¿Le fue ella fiel durante todo ese tiempo?

–No podía dejar de serle fiel. Andaba vigilada por todos. Veinte años de castidad. Su noche de amor debió de ser difícil. Imagino que, durante esos veinte años, el sexo de Penélope se le debía de haber estrechado, encogido.

–¡Igual que yo!

–¡Qué dices!

–¡No, no temas! –exclamó ella riendo–. ¡No me refiero a mi sexo! ¡No lo tengo encogido!

Y de repente, en un tono de voz más bajo, lentamente, embriagada por la mención expresa de su sexo, ella le repite esas últimas palabras reemplazándolas por otras más groseras. Y, en voz aún más baja, vuelve a repetirlas con palabras aún más obscenas.

¡Ha sido algo totalmente inesperado! ¡Algo enajenante! Por primera vez en veinte años, él vuelve a oír en checo esas groserías y, de golpe, se excita como jamás lo había estado desde que

182

abandonó el país, porque todas esas palabras, groseras, sucias, obscenas, sólo ejercen poder sobre él en su lengua natal (la lengua de su Ítaca), ya que sólo desde ahí, desde las raíces más profundas, asciende en él la excitación de generaciones y generaciones. Hasta aquel momento ni siquiera se habían besado. Y ahora, soberbiamente excitados, en pocos segundos se han entregado el uno al otro.

Su acuerdo es total, porque ella también se ha excitado con esas palabras que no ha pronunciado ni oído durante tantos años. ¡Un acuerdo total en una explosión de obscenidades! Ay, su vida, ¡qué pobre había sido! ¡Cuántos vicios perdidos, cuántas infidelidades frustradas! Todo eso quiere vivirlo ahora con avidez. Quiere vivir todo lo que ha imaginado sin jamás haberlo vivido, voyeurismo, exhibicionismo, indecente presencia de otros, enormidades verbales; todo lo que ahora puede realizar ponerlo en práctica, y lo que es irrealizable lo imagina con él en voz alta.

Su acuerdo es total, porque Josef sabe en el fondo de sí mismo (y tal vez lo desee) que ese encuentro erótico es para él el último; él también hace el amor como si quisiera comprimirlo todo, sus aventuras pasadas y las que ya no habrá. Para uno y para otro es un recorrido acelerado por la vida sexual: las audacias a las que llegan los amantes después de varios encuentros, a veces después de años, ellos las llevan a cabo precipitadamente, el uno estimulando al otro, como si quisieran condensar en una sola tarde todo lo que les ha faltado y les faltará.

Luego, sin aliento, permanecen acostados boca arriba el uno al lado del otro, y ella dice: «¡Hace muchos años que no hacía el amor! Aunque no lo creas, ¡hace años que no hago el amor!».

Extrañamente, profundamente, esa sinceridad le conmueve; cierra los ojos. Ella aprovecha para estirar el brazo hacia el bolso y sacar una de las botellitas; bebe con discreción.

Él abre los ojos:

–¡No bebas, no bebas tanto! ¡Te vas a emborrachar!

–¡No te preocupes! –se defiende ella.

Sintiendo el cansancio al que no consigue sobreponerse, está dispuesta a hacer lo que sea para conservar despiertos todos sus sentidos. Por eso, a pesar de que él la esté mirando, vacía la tercera botellita, y luego, como para explicarse, como para justificarse, repite que hace mucho tiempo que no ha hecho el amor, y esta vez lo dice empleando ordinarieces de su Ítaca natal y,

184

de nuevo, el sortilegio de la obscenidad excita a Josef, que vuelve a empezar.

En la cabeza de Irena el alcohol desempeña un doble papel: libera su fantasía, alienta su audacia, la vuelve sensual y, al tiempo, vela su memoria. Salvajemente, lascivamente, hace el amor mientras la cortina del olvido envuelve sus lubricidades en una noche que lo borra todo. Como un poeta que escribiera su mayor poema con una tinta que, al acto, desapareciera.

48

La madre puso un disco en el aparato y tocó algunos botones para seleccionar sus piezas preferidas, luego se metió en la bañera y, tras haber dejado la puerta abierta, escuchó la música. Era una selección hecha por ella, cuatro piezas de danza, un tango, un vals, un charlestón y un rock, que, gracias al refinamiento del aparato, se repetían hasta el infinito sin ninguna intervención posterior. Se puso de pie en la bañera, se lavó sin prisas, salió, se secó, se puso una bata y fue a la sala. Gustaf llegó después de un largo almuerzo con unos suecos de paso por Praga y le preguntó dónde estaba Irena. Ella le contestó (mezclando su pésimo inglés con un checo simplificado para él):

–Ha llamado. No volverá hasta la noche. ¿Qué tal has comido?

–¡Demasiado!

–Tómate un digestivo –y sirvió el licor en dos vasos.

–Es algo a lo que nunca me niego –exclamó Gustaf, y bebió.

La madre silbó la melodía del vals y movió las caderas; luego, sin decir nada, puso las manos en los hombros de Gustaf y dio con él cuatro pasos de baile.

–Te veo de un humor espléndido –dijo Gustaf.

«Sí», contestó la madre mientras seguía bailando con movimientos tan marcados, tan teatrales, que Gustaf, entre risitas torpes, también dio unos pasos exagerando los gestos. Accedió a tomar parte en esa comedia paródica para probarle a ella que no quería estropearle el jugueteo, pero también para recordar, con cierta tímida vanidad, que en sus tiempos había sido un excelente bailarín y que seguía siéndolo. Sin dejar de bailar, la madre lo condujo hacia el gran espejo colgado de la pared, y los dos giraron la cabeza y se miraron en él.

Ella le soltó y, sin tocarse, improvisaron movimientos frente al espejo; Gustaf hacía gestos como si bailara con las manos y, al igual que ella, no dejaba de mirar su propia imagen. Entonces vio la mano de la madre encima de su sexo.

La escena que sigue es la prueba fehaciente de un error inmemorial de los hombres, quienes, al apropiarse del papel de seductores, sólo tienen en cuenta a las mujeres que desean; ni se les ocurre que una mujer fea o vieja, o simplemente ajena a su imaginación erótica, pueda quererles. Acostarse con la madre de Irena era para Gustaf hasta tal punto impensable, fantasioso, irreal, que, perplejo ante aquello, no sabe qué hacer: su primera reacción es apartarle la mano; sin embargo, no se atreve; un mandamiento permanecía grabado en él desde su más tierna infancia: no serás grosero con las mujeres; por lo tanto, sigue bailando y, aturdido, mira la mano entre sus piernas.

Sin apartar la mano de su sexo, la madre se contonea sin mover los pies y no deja de mirarse; luego se entreabre la bata, y Gustaf entrevé sus pechos opulentos y el triángulo negro debajo; incómodo, nota que se le pone tiesa.

Sin quitar los ojos del espejo, la madre aparta la mano pero sólo para deslizarla acto seguido en el interior de su pantalón, donde agarra el sexo desnudo entre sus dedos. El sexo está cada vez más tieso, y ella, sin interrumpir sus movimientos de danza y con la mirada siempre fija en el espejo, exclama admirativamente con su vibrante voz de *alto*: «¡Oh, oh! ¡No me lo puedo creer, no me lo puedo creer!».

49

Mientras hace el amor, Josef mira de vez en cuando, discretamente, el reloj: dos horas más, una hora y media más; esa tarde de amor es fascinante, no quiere que nada se pierda, ningún gesto, ninguna palabra, pero el fin se acerca, irremisiblemente, y tiene que vigilar el tiempo que pasa.

Ella también piensa en el tiempo que se acorta; su obscenidad se vuelve por eso precipitada y febril, y salta de una fantasía a otra, intuyendo que ya es demasiado tarde, que ese delirio llega a su fin y que su porvenir permanece desierto. Suelta aún algunas groserías, pero las dice llorando y luego, sollozando, ya no puede más, abandona todo movimiento y se aparta de él.

Están acostados el uno al lado del otro, y ella dice:

—No te vayas hoy, quédate.

—No puedo.

Ella permanece callada largo tiempo, y luego:

—¿Cuándo volveré a verte?

Él no contesta.

Con súbita determinación, ella sale de la cama; ha dejado de llorar; de pie, vuelta hacia él, le dice, sin una pizca de sentimentalismo, con repentina agresividad: «¡Bésame!».

Él sigue acostado, vacilante.

Ella espera inmóvil, mirándole de arriba abajo con todo el peso de una vida sin porvenir.

Incapaz de soportar su mirada, él cede: se levanta, se acerca, posa sus labios sobre los suyos.

Ella saborea su beso, pondera su grado de frialdad y dice: «¡Qué malo eres!». Luego se vuelve hacia su bolso encima de la mesita de noche. Saca un pequeño cenicero y se lo enseña. «¿Lo reconoces?»

Él coge el cenicero y lo mira.

—¿Lo reconoces? —repite ella con severa seriedad.

Él no sabe qué decir.

–¡Mira la inscripción!

Es el nombre de un bar de Praga. Pero no le dice nada y calla. Ella observa su apuro con atenta desconfianza, cada vez más hostil.

Él se siente incómodo bajo esa mirada y, en ese momento, muy brevemente, se le cruza la imagen de una ventana en cuyo alféizar hay un jarrón con flores y, al lado, un lámpara encendida. Pero la imagen desaparece y él ve de nuevo los ojos hostiles.

Ella lo ha entendido todo: no sólo ha olvidado el encuentro con ella en el bar, sino que la verdad es aun peor: ¡él no sabe quién es ella!, ¡no la conoce!, en el avión él no sabía con quién hablaba. Y, de pronto, se da cuenta: ¡jamás se ha dirigido a ella por su nombre!

–¡Tú no sabes quién soy!

–¡Cómo! –dice él de un modo desesperadamente torpe.

Ella le habla como un fiscal:

–Entonces, ¡dime cómo me llamo!

Él sigue callado.

–¿Cuál es mi nombre? ¡Dime cómo me llamo!

–¿Qué importan los nombres?

–¡Nunca me has llamado por mi nombre! ¡Tú no me conoces!

–¡Qué dices!

–¿Dónde nos conocimos? ¿Quién soy yo?

Él quiere que se calme, la toma de la mano, ella le rechaza:

–¡No sabes quién soy! ¡Has ligado con una desconocida! ¡Has hecho el amor con una desconocida que se ha ofrecido a ti! ¡Has abusado de un malentendido! ¡Me has tomado por una puta! Para ti no he sido más que una puta, ¡una puta desconocida!

Se ha dejado caer en la cama y llora.

Él ve en el suelo las tres botellitas de alcohol vacías:

–Has bebido demasiado. ¡Es una tontería beber tanto!

Ella no le escucha. De bruces en la cama, su cuerpo se agita con sobresaltos, no tiene otra cosa en la cabeza que la soledad que la espera.

Luego, como presa de cansancio, deja de llorar y se pone boca arriba, dejando, sin darse cuenta, las piernas descuidadamente abiertas.

Josef sigue de pie junto a la cama; mira su sexo como si mirara al vacío y, de repente, ve la casa de ladrillo, con su abeto. Consulta el reloj. Puede quedarse en el hotel media hora más. Tiene que vestirse y encontrar la manera de obligarla a ella también a vestirse.

50

Cuando él se alejó de su cuerpo, permanecieron callados, y sólo se oían las cuatro piezas de música que se repetían sin fin. Tras mucho rato, con una voz nítida y casi solemne, como si recitara las cláusulas de un tratado, la madre dice en su checo-inglés: «Somos fuertes tú y yo. *We are strong.* Pero también somos buena gente, *good*, no haremos daño a nadie. *Nobody will know.* Nadie sabrá nada. Eres libre. Podrás siempre que quieras. Pero nadie te obliga. Conmigo eres libre. *With me you are free!*».

Esta vez lo ha dicho sin juego paródico, en un tono muy serio. Y Gustaf, también muy serio, contesta: «Sí, lo entiendo».

«Conmigo eres libre», estas palabras resuenan dentro de él durante mucho tiempo. La libertad: la había buscado en su hija y no la había encontrado. Irena se había entregado a él con todo el peso de su vida, mientras lo que él quería era vivir sin peso. Buscaba en ella una evasión y ella se erguía ante él como un desafío; como un enigma; como una hazaña que emprender; como un juez con el que enfrentarse.

Ve el cuerpo de su nueva amante que se levanta del diván; está de pie, exhibe ante él su cuerpo de espaldas, los poderosos muslos envueltos en celulitis; le encanta aquella celulitis, como si expresara la vitalidad de una piel ondulante, que se estremece, que habla, que canta, que se agita, que se exhibe; cuando ella se inclina para recoger la bata caída en el suelo, él no puede dominarse y, desnudo, recostado en el diván, le acaricia las nalgas magníficamente orondas, palpa esa carne monumental, sobreabundante, cuya generosa prodigalidad le consuela y le calma. Le inunda un sentimiento de paz: por primera vez en su vida la sexualidad se sitúa más allá de todo peligro, más allá de conflictos y dramas, más allá de toda persecución, más allá de toda culpabilidad, más allá de las preocupaciones; no tiene que ocuparse de nada, el amor se ocupa de él, el amor que siempre ha deseado y nunca ha tenido: amor-reposo; amor-olvido; amor-deserción; amor-despreocupación; amor-insignificancia.

La madre se ha retirado al cuarto de baño y él se queda solo: hace unos instantes pensaba que había cometido un enorme pecado; pero ahora sabe que su acto de amor no ha tenido nada que ver con el vicio, con una transgresión o una perversión, que ha sido lo más normal del mundo. Es con ella, con la madre, con quien él forma pareja, una pareja agradablemente trivial, natural, decente, una pareja serena, de personas mayores. Del cuarto de baño le llega el ruido del agua, se sienta en el diván y mira el reloj. Dentro de dos horas vendrá el hijo de su recientísima amante, un joven que le admira. Gustav lo presentará esta noche a sus amigos de la empresa. ¡Toda la vida ha estado rodeado de mujeres! ¡Qué placer tener por fin un hijo! Sonríe y empieza a buscar su ropa esparcida por el suelo.

Está listo para cuando la madre sale vestida del cuarto de baño. Es una situación algo solemne y por lo tanto incómoda, como siempre que, después del primer acto de amor, los amantes se enfrentan a un futuro que, de pronto, se ven obligados a asumir. La música sigue sonando y, en ese momento delicado, como si quisiera acudir en su ayuda, pasa del rock al tango. Obedecen los dos a esa invitación, se entrelazan y se entregan a ese fluir monótono, indolente, de sonidos; no piensan en nada; se dejan llevar y transportar; bailan lenta y largamente, sin parodia alguna.

51

Sus sollozos se prolongaron por mucho tiempo y luego, como por milagro, cesaron, seguidos de una respiración pesada: se durmió; ese cambio fue sorprendente y tristemente risible; dormía profunda, irreprimiblemente. No había cambiado de posición, seguía boca arriba, con las piernas abiertas.

Él seguía mirándole el sexo, ese reducidísimo lugar que, con una admirable economía de espacio, garantiza cuatro funciones supremas: excitar; copular; engendrar; orinar. Miró largamente ese pobre lugar desencantado y le sobrevino una inmensa, inmensa tristeza.

Se arrodilló al lado de la cama, inclinado sobre su cabeza, que roncaba tiernamente; esa mujer le era cercana; podía imaginar que se quedaba con ella, que se ocuparía de ella; en el avión habían prometido no informarse uno al otro de la vida privada de cada cual; de modo que él no sabía nada de ella, pero una cosa le parecía evidente: ella se había enamorado de él; estaba dispuesta a irse con él, a dejarlo todo, a empezar de nuevo. Sabía que ella le pedía ayuda. Tenía la ocasión, sin duda la última, de mostrarse útil, de ayudar a alguien y de encontrar a una hermana en la multitud de extraños de la que el planeta está superpoblado.

Empezó a vestirse, con discreción, en silencio, para no despertarla.

52

Como cada domingo por la tarde ella estaba sola en su modesto estudio de científica pobre. Iba y venía por la habitación y comía lo mismo que al mediodía: queso, mantequilla, pan, cerveza. Al ser vegetariana, está condenada a esa monotonía alimentaria. Desde su estancia en el hospital de montaña, la carne le recuerda que su cuerpo puede ser trinchado y comido tan bien como el cuerpo de una ternera. Por supuesto la gente no come carne humana, eso le espantaría. Pero ese espanto confirma que el ser humano puede ser comido, mascado, engullido, transmutado en excremento. Y Milada sabe que el espanto de ser comido no es sino consecuencia de otro espanto más generalizado y que está en lo más hondo de la vida: el espanto de ser cuerpo, de existir bajo la forma de un cuerpo.

Terminó de cenar y fue al cuarto de baño para lavarse las manos. Luego levantó la cabeza y se vio en el espejo encima del lavabo. Era una mirada totalmente distinta a aquella otra, cuya belleza había observado hacía poco en un escaparate. Esta vez la mirada estaba tensa; lentamente levantó el pelo que le enmarcaba las mejillas. Se miró, como hipnotizada, largamente, muy largamente, luego dejó caer el pelo, se lo arregló de nuevo alrededor de la cara y volvió a la habitación.

En la universidad le habían seducido los sueños de viajes hacia otras estrellas. ¡Cuánta felicidad evadirse lejos del universo, hacia algún lugar donde la vida se manifestara de otra manera y no necesitara de un cuerpo! Pero, pese a todos sus asombrosos cohetes, el hombre nunca viajará muy lejos en el universo. La brevedad de su vida convierte el cielo en una tapadera negra contra la que siempre se golpeará la cabeza y caerá a tierra, donde todo lo que vive come y tal vez sea comido.

Miseria y orgullo. «Sobre un caballo, la muerte y un pavo.» Permanece de pie frente a la ven-

tana y mira al cielo. Un cielo sin estrellas, una
tapadera negra.

53

Metió todas sus cosas en la maleta y echó un
vistazo a su alrededor para no olvidar nada.
Luego se sentó a la mesa y, en una hoja de papel con el membrete del hotel, escribió: «Que
duermas bien. La habitación es tuya hasta mañana al mediodía...». Hubiera querido decirle
algo más tierno, pero se negaba a dejarle ninguna palabra falsa. Al final añadió: «... hermana mía».

Dejó el papel en la alfombra al lado de la cama para que ella lo viera sin falta.

Buscó el letrero de «No molestar. *Don't dis-
turb»;* al salir, se volvió una vez más hacia ella,
que seguía dormida, y, ya en el pasillo, colgó el
letrero del tirador de la puerta y la cerró en silencio.

En el vestíbulo, oía hablar en checo por todas
partes; monótona y desagradablemente hastiada,
era otra vez una lengua desconocida.

Al pagar la cuenta dijo: «Una señora se ha quedado en mi habitación. Se irá mañana». Y, para asegurarse de que nadie la mirara mal, dejó delante de la recepcionista un billete de quinientas coronas. Llamó un taxi y se fue al aeropuerto. Era ya de noche. El avión despegó hacia un cielo negro, luego se metió entre las nubes. Tras unos minutos, el cielo se abrió, apacible y amistoso, sembrado de estrellas. Al mirar por la ventanilla vio, sobre el fondo de ese cielo, una cancela de madera y, delante de una casa de ladrillo, un abeto esbelto como un brazo levantado.

Últimos títulos

379. La habitación azul
     Georges Simenon

380. Al final de la mirada
     Alfonso Fernández Burgos

381. Como unas vacaciones
     Imma Monsó

382. Juego nocturno
     Raj Kamal Jha

383. Confidencia por confidencia
     Paule Constant

384. El amor, la inocencia y otros excesos
     Luciano G. Egido

385. Y retiemble en sus centros la tierra
     Gonzalo Celorio

386. El árbol de los sentidos
     Oonya Kempadoo

387. Aquel domingo
     Jorge Semprún

388. Un hombre con encanto
     Alice McDermott

389. El tren
     Georges Simenon

390. El negrero
     Lino Novás Calvo

391. Tratándose de ustedes
     Felipe Benítez Reyes

392. El pez dorado
     J.M.G. Le Clézio

393. Hacia el final del tiempo
     John Updike

394. Amor duro
     Gudbergur Bergsson

395. Celestino antes del alba
     Reinaldo Arenas

396. Llovió todo el domingo
     Philippe Delerm

397. Pasado perfecto
     Leonardo Padura

398. Tantos años
     Erik Orsenna

399. Los hermanos Rico
     Georges Simenon

400. El laberinto de las sirenas
      Pío Baroja

401. El beso del cosaco
      Eduardo Mendicutti

402. Ripley Bogle
      Robert McLiam Wilson

403. Mis líos con el cine
      John Irving

404. El museo de cera
      Jorge Edwards

405. La ignorancia
      Milan Kundera

406. Mason y Dixon
      Thomas Pynchon

407. El Sueño de la Historia
      Jorge Edwards

408. La quinta mujer
      Henning Mankell

409. La evolución de Jane
      Cathleen Schine

410. El viajero del día de Todos los Santos
      Georges Simenon

411. El jaquemart
      Juan Miñana

EDITORIAL
NUEVA DECADA S.A.

Céd. Jurídica: 3-101-041942-16
Contiguo al Palacio Municipal
San Pedro de Montes de Oca
TEL. 225-8540

FACTURA DE CONTADO

Nº 31333

DIA	MES	AÑO
13	4	00

VENDIDO A:

CANT.	DESCRIPCION	PRECIO
1	Antología	3900

VENDEDOR	TOTAL ¢	3900

Autorizado mediante oficio Nº 01-0270-97 del 26-9-97
de la A. R. T. DE San José